イタリア 15の恋愛物語

# どうしようもないのに、好き

内田洋子

集英社インターナショナル

# 目次

1 白い花に気をつけて 6
2 腹ふくるる想い 22
3 どうしようもないのに、好き 40
4 目は口ほどに 56
5 冷たい鉄 74
6 いにしえの薔薇 88
7 結局、逃れられない 104
8 守りたいもの 122

9 海と姉妹 138
10 甘えて、すがって 156
11 世間を知らない 170
12 赤い糸 186
13 絵に描いたような幸せ 200
14 この世で一番美しい 216
15 シャンパンの泡 230
あとがき 246

# どうしようもないのに、好き

イタリア　15の恋愛物語

# 1　白い花に気をつけて

犬を連れて、公園からの散歩帰りにバールに寄る。ミラノには珍しく、初冬だというのに薄陽が出て、明るく暖かな朝である。

店内は、これから勤めに出ようという、時間に追われた客でごった返している。テーブルに座る人はない。顔馴染みどうし短く挨拶を交わすと、他の客たちの頭越しに注文を言い、ぐいっと一息でコーヒーを飲み干し、小銭を置いて、足早に出ていく。それぞれ磨きあげた靴に濃紺や深いグレーのコート、流行色のスカーフや帽子をさりげなく合わせて小粋で、新しい一日に立ち向かう気合いの入った身なりをしている。

慌ただしい店頭を避け、奥のテーブルにつく。コーヒーを飲みながら朝刊を読んでいると、数人の女性が話しながらやってきて、慣れた様子で隣のテーブルに座った。どの人も六〇を過ぎた年恰好である。他の客とは対照的で、急いで出かける先も用件もないのだろう。のんびりとして、もう何年も着古したようなコートや足元で、気楽である。そこだけ空気が緩《ゆる》み、時間も進まないような様子である。いつものを、と口々にカウンターへ注文してから、おもむろに店のテーブルの上に投げ置いてあるフリーペーパーをめくったり、雑談をしている。しばらくすると、ああ、と短く叫んで中の一人が立ち上がり、店に入ってきた老いた男性に急いで席を

用意した。

後から来たその人は、足首まで届くような丈の漆黒のオーバーコートを纏《まと》っている。女性たち同様、そのコートもずいぶん年季が入っているようだったが、背が高く恰幅のよい銀髪のその男性はうまく着こなしていて、役者が舞台に上がってきたかのように華がある。

それまで寝ぼけた顔つきをしていた女性たちは、その男性が席につくやみるみる生気がよみがえって、嬉しそうに互いに顔を見合い、椅子を引き、姿勢を正して座りなおしたりしている。そして待ちわびるように、その男性の一挙一動を見つめている。薄暗かったテーブルに突然、スポットライトが当たったようだ。

「おはよう、皆さん」

ゆっくりと皆の顔を見回しながら、重々しい声でその男性が挨拶をした。ずいぶん、もったいをつけた様子である。男性のすぐ隣に座っている老女は弾かれたように、おはようございます、と返礼している。他の四人もテーブルの上に身を乗り出して、挨拶を返す。浮き浮きとして、少女のようだ。それは、あこがれの芸能人に出会い恍惚とするファンのようで、見ているこちらが少々照れてしまうような光景だった。

「せっかくだから新調したらどうか、と皆で相談していたところです」

先ほど席を用意した女性が、仲間の顔を見ながら、代表してそう言う。

「それはありがたいが、数も多いし出費がかさんで大変でしょう」

一人一人の顔をのぞき込むようにして言う。丁寧な物言いで、彼女たちの気遣いに感謝しているようで、ことばの端々には言い知れない迫力があり、横で盗み聞きしている私のほうが身の縮む思いである。

長いコートの男性は、どうやらバールの前に建つ教会の神父らしかった。ひな鳥がくちばしを揃えて鳴くように女性たちは、パードレ（神父）、パードレ、と繰り返している。

「年明け最初の教会行事です。薄汚れた衣装だと、幸先が悪い。皆、喜んで協力しますよ」

きっとこの自分がなんとかしてみせる、ともう一人の中年の女性が勇んで言い、他の人たちも、お任せいただきたい、と口を揃えて繰り返した。聖なる行進で着る衣装の相談をしているらしかった。

店を出る際、私は店員に、奥で神父と打ち合わせを続けている女性たちのことを尋ねた。

前に建つ教会に通う熱心な信者だという。毎日早朝のミサを欠かさず、終えると揃ってバールに来てはあの神父を待ち、取り囲んで雑談を少々して、満足して帰っていくのだという。信者といっても、その他大勢の信者とは違う。一日の大半を教会で過ごし、内外の諸用を片付ける。

「それぞれに事情があって、一人暮らしの人ばかりですよ」

店員は付け加えた。

家に帰っても一人。出かけるあてもなく、することもなく、明日もその次の日も今日と同じで、何も起こらない。女性たちにとって、聖堂が居間であり、教会で会う人たちが家族のようなものらしかった。あの神父は、彼女たちの父なるものである。そして、それぞれの心の拠りどころでもあるのだろう。

思い詰めたような老女の目と、その目を見つめ返す神父の優しく強い眼差しを思い出しながら、木々に囲まれた美しい教会の前を歩いた。

昼過ぎ、近所にあるという生地店へ行く。

住所を頼りに行くと、店頭には看板もショーウインドウもなく、表からはそこが生地店だとはわからない。入り口がガラス戸なのでそこから中をのぞき込むと、積み重なる反物が見えるが、そうでもしなければ誰も気がつかないだろう。〈わからなければ来てもらわなくて結構〉まるでそう言いたげな、入りづらい店構えである。

友人から「店主は目利きで、品揃えが良いから」と聞いて、初めて見にきてみたのである。

ドア脇の呼び鈴を押すと中から鍵は開いたものの、誰が出迎えるでもない。勝手に入っていいのだろうか。遠慮がちに、こんにちは、と挨拶をして薄暗い店内へ入る。ドア一枚分の入り口からは想像もつかない、相当に奥行きのある店だった。

洒落た内装らしいものはひとつもない、倉庫のような殺風景な店内である。天井には、数本、蛍光灯が青白い光を放っていて、それで余計に薄暗く感じる。両側の壁には天井まで届く鉄製の棚が設《しつら》えてあり、そこに生地がぎっしりと積んである。入り口に近いところには、花柄や幾何学模様の色鮮やかなシルクプリントが申し訳程度に置いてあるが、その先には、黒や茶系の沈んだ色の生地ばかりが連なって見える。

奥のほうで、話し声がする。近くまで行くと、三人の女性と店主らしい男が大台の上にいくつもの生地を広げて、熱心に布地選びをしているところだった。店には、その店主の他に人はいないらしい。

後ろで順番を待ちながら、先客の三人を見ると、どうも今朝、教会前のバールで見かけたあの信者たちのようである。

「これは張りがないので、衣装にすると貧相ですね」

安手の生地を見つけて得意げに広げている女性たちに、店主はつれなく駄目を出している。

「晴れの聖者の行進に、ケチってはなりませんよ」

布地のプロは、熟年の女性信者たちをことば少なく諭した。自分が選んだ生地を触らせて、了解を受けてから、バサバサと巻き板を回しながら生地を広げ、脇から竹の尺で一、二、三メートルと測っていく。裁ちバサミで少し切り目をつけると、そこから勢いよく両手で布を裂き、手際よく畳み、巻き上げ、元の棚に置いてから、

「三〇ユーロです」

事務的に告げた。一連の動作は流れるようで、三人の女性が口を挟む隙もない。

生地の山に囲まれた暗がりなのでよくわからなかったが、こうして見ると、店主はなかなかの二枚目である。薄い灰色の綿シャツに同系色のVネックセーターを合わせて質素だが、セーターから少し見えるシャツの袖口にまでプレスがよく利いていて、清潔で几帳面な印象である。

年増の三人は、思いのほか早く用件が片付いてしまって、手持ち無沙汰な様子である。関係のない生地を広げて触ったりして、あちこちの棚を冷やかし、店から出ていこうとしない。教会のために生地を買う、というのは口実で、この店主に会うのが本当の目的だったのかもしれない。

三人は、自分の半分ほどの年齢の店主に見とれながら懸命に世間話をしようとするのに、店主はというと、はあ、でもなければ、そう、でもない。生地の代金を受け取り、そつなく礼を言うと、もう三人にはくるりと背を向けてしまい、

「お待たせしました」

ご用件をどうぞ、と促すように、次の客である私に言った。

そもそも生地屋というのは、女性客で成り立つような商売ではないのか。愛想や無駄口の一つや二つ、言ってもよさそうなものである。客の愚痴や世間話に付き合うのも、店のサービスのうちかと思う。

私は、三人の熟年客が名残惜しそうに店を出ていくのを見届けてから、それにしてもずいぶん冷静で手際がいいのですね、と店主をほめると、

「きりがありませんから」

店主は、少し笑って返事した。

「一人の話を聞いてしまうと、次の客の話を聞かないわけにはいかず、するとあっという間に、店は病院の待合室か美容院のようになる。〈用件だけを簡潔に、でも丁寧に〉が、僕の信条です」

店は一人で切り盛りしているという。この商売を始める前は、大手の生地メーカーで働いていた。連日、高級ブランドへ卸すための上質な布を扱ううちに、自然と目が肥えた。その工場ではシーズンごとに相当な量の半端ものが出るので、それを集めて売ることを思いつき、この店を開けたのだという。

訥々《とつとつ》とした話し方だったがそれがかえって裏表ない印象で、この人に勧められると、自分の好みには関係なく言われるがままに生地を買ってしまうだろう。

「自分に自信がない人ほど、大げさな色柄を買いたがる。生地は人なり、ですよ」

そう淡々と言われると、もう気軽に自分では選べない。

さんざん迷った挙げ句、買わず終いの人もいるだろう。そういう客はどうするのか。

「向こうが声をかけてこない限り、僕も何も言わない。その人が店を出る段になって、心を込めて挨拶をします」

生地を売るうちに、選ぶ布からその女性の人となりやそのときの客の気持ちが、手に取るようにわかるようになった。最近では店に客が入ってくると、あの人にはこれではないか、と気がつかれないように生地を選び、客の目に留まるようにさりげなく置いたりする。

「誰とも話さず、布だけを広げては巻き、切っては畳むうちに、織り合う糸が僕に話しかけてくるような気がして」

大台の上の生地を一つずつ愛おしそうに撫でてから、ゆっくりと巻き上げて棚へ戻している。

この店主の妻は、嫉妬しないのだろうか。

「僕は独身です。これからもずっと、独身です」

店主はそう言って、レジの下から本を取り出した。

大型の豪華な本だった。大切にしているのだろう。しっかりした包装紙でカバーが掛けてある。開いてみると、それは美しい草花の図鑑だった。


生地メーカーに勤めていた頃は、営業が彼の仕事だった。次々とできあがる新しい生地見本を持って、得意先を訪ねる。季節の変わり目はとりわけ忙しく、多数の反物や小さく切った見本を貼り付けたカタログを何冊も車に積んで、有名ブランドの仕入担当者たちに見せて回った。ファッション業界には自意識ばかり高い、扱い難い相手が多かったが、新米の頃から客の気持ちを見抜くのは得意で、誰からも可愛がられた。

「やりがいはあったのですが、どうにもならない問題がありまして」

順風満帆だったメーカー勤めを辞めてしまう。

理由は、植木だった。

ミラノの出身ではない。コモ湖の近くの、これといった特色のない町で生まれて育った。人見知りが激しく、学校に上がっても友達はできなかった。祖父母に預けられていて、学校から帰って宿題が終わると、小さな庭に出て夕食までずっと一人で遊んだ。話し相手は、庭の植木だった。祖母は草花の扱いが上手で、寒くて湿気の多いその一帯でも、庭には季節ごとに何かしら花が咲き、実がなった。枯れて葉が落ちても、どの木にも風情があった。冬の日暮れ時にそういう木を見ているといると人間のように思えて、いくらでも話ができた。年頃になると級友たちからは変人扱いされたが、庭で植木が待っている、と思えば、からかわれるのも少しも気にならなかった。

「母親がそばにいないから、こんな子になったのかしら」

祖母は心配した。

母は彼が生まれるとすぐ親に預けて、遠くの町へ住み込みで働きに行っていた。ふだんは滅多に顔も見せなかったが、彼の誕生日やクリスマスには家に戻り、数日だけいっしょに過ごす。照れてしまって素直に甘えることもできず、それでも母といる時間は、濃くて切ないものだった。働き先なら家の近くにもありそうなものなのに、と幼い頃はさみしかったが、そういうことを母に言ってはならないような気配があって、泣き言は言わずに我慢した。

家政婦として働いているらしい母は、けっして目立つ恰好をしなかった。柄や色の明るい洋服を母が着ているのを見た記憶がない。いつも紺やグレー、ベージュの無地のこざっぱりした服で、化粧も薄く、ヒールも履かない。それほど地味にしていても、連れ立って出かけると、町ですれ違う人たちがわざわざ立ち止まって母を見た。

「春の庭にスミレを見つけては母の優しさを思い、ヒマワリが咲くと母の笑い声を聞くような気がする。あの紅葉した葉を母の地味なワンピースの胸元に付けたら、どんなにきれいだろう。枯れた枝で北風に堪える木の姿は、休暇を終えて振り返らずに仕事に戻っていく母そのものでした」

ずっと草木が好きで、植物に関する本を片っ端から読み、大学は農学部へ進む。天然繊維の研究に夢中になった。「教授から噂を聞いた」と言って、まだ彼が在学中に青田買いをしに来たのが、生地メーカーの社長だった。

ファッションには、まったく興味がなかった。それでも社長から熱心に勧誘されて、天然素材に関わる仕事なら、という条件で入社を承諾した。

「生地メーカーへの就職は、強烈な体験でした。それまで人間とまともに話したこともないような僕が、華やかではかない世界に入る。周囲は、女性とことばであふれていました」

慣れない毎日に気がふさぐこともあったが、布に姿を変えた植物に助けられるような気持ちで、毎日、生地を抱えては新旧の客を丹念に訪ねた。

ある日、上得意であるブランドの仕入担当者に、「『どうしても』と皆から言われて」、裁断と縫製を担う職人たちの作業場へ連れていかれた。

布地や糸、型紙でいっぱいの部屋に入ると、そこにいた十数人の女性たちがいっせいに、わあっ、と待ちかねていた様子で嬉しそうな声を上げた。

そのブランドのデザイナーは、むら気の芸術家である。せっかく新しいデザインを思いついても、商品として実現するために相応しい材料が見つかるとは限らない。新作発表の日が近づいて、間に合わない、と会社をあげて大慌てすることも多かったらしい。

「僕がその会社の担当になってからは、『生地がデザインを連れてくるようだ』と、そのデザイナーは喜んだそうです」

スタッフは次々と届く生地選びの的確さに惚れ惚れした。いったいどんな有能な営業マンなのか、ぜひ会ってみたい。

作業場に入るなり大勢の女性たちに取り囲まれて、いったいどうしたらいいかわからない。新しい生地を持って営業に行くときと同じようにしてみよう。彼は一人一人の目を見ながら、ものを言わずに握手をして回った。

そして翌月、作業場に新しく送られてきた生地見本の箱を開けて、裁断や縫製の女性たちは驚いた。彼女たちの人数分だけ、〈御礼〉と書いた袋が箱に入っていたからである。そればかりか、各袋には、一つずつ素材も色も異なる生地が仕立て一着分ずつ入っていた。もし宛先が書かれていなかったとしても、中の生地を見るだけで誰に宛てたのかがすぐにわかるような、見事な見立てだった。ふだんは裁断機やミシン、霧吹きや雑談で賑やかな部屋なのに、開けたサンプルの箱を前にして、女性たちはしいんとした。

いったいどうして、この店主には布と女性の相性が見抜けるのだろう。

「たいしたことではありません。挨拶するときにもう一方の手で、冬なら袖口に、夏なら肩に、そっと触れてみるのです」

老練な紡糸工員から教えてもらったのだという。

相手の衣服に少し触ってみる。指先に神経を集中させて、気づかれないように触れる。最初はわからない。しかし慣れてくると、その人がどういう布が好きなのか、指先からその素材や厚み、肌合いまでわかるようになった。

「衣服から繊維がけば立ち、その目にも見えないような糸先に触れる。すると、糸がその人のことをそっと教えてくれるのです」

営業成績は伸び、会社は厚遇してくれた。新しい客は増えて出張が続き、ほとんど家に戻れないような生活になった。移動は苦痛ではなかった。唯一、気にかかったのは、老いた祖父母とその庭だった。

祖母からいつしか代替わりして、庭には彼が旅先で見つけてきた珍しい品種や、種から丁寧に育てて大きくした果樹が加わり、ちょっとした植物園のようになっていた。

「出張が長引くと、植木の世話ができない。夏は水やりが気になり、冬は霜にあたっていないだろうかと心配で、次第に仕事が手に付かなくなりました」

考えた挙げ句、小さな鉢植えの草花や植木を助手席に載せて出社した。植木は一鉢や二鉢ではないので、花屋が配達に使うのと同じ車を購入した。これなら、背が高くて枝が張った植木も連れていける。

「そのうち生地を運んでいるのか、植木と旅行しているのか、わからなくなってしまって」

会社に退職願いを出した。「出張に行くとき、連れていけない大木のさみしそうな顔を見るのが辛いので」と説明したが、社長は呆れたような、心配そうな顔をするばかりで本気にはしなかった。


勤め最後の日、得意先に離職する報告をして、遠回りをせずにミラノの市内を突っ切って帰宅することにした。

途中、美しい公園が見えた。車を停めて、散歩する。浅い春で、柔らかい葉をつけた木々を見ながら、ふと立ち止まった。

「白い花をつけた小振りの木が一本、立っていました。周囲に薄く漂うその花の香りに、僕は驚きました。母の好きな香水と同じ匂いだったからです」

白い花の咲く木のそばに行っては駄目、と幼い頃に、母がふと言ったことがあった。祖母の庭にも白い花はたくさん咲くので、おかしなことを言う、と大きくなってからもその意味がわからなかった。

その白い花の木は、教会の裏にひっそり生えていた。

「そうか、ここだったのか、と、それまでわからなかったさまざまなことが、霧が晴れるように明らかになりました」

母は訳あって、密かに彼を産んだ。誰にも言えない相手の子供だったが、誰もがその相手と母の事情を知っていた。

当時ミラノで働きながら学校に通っていた母は、両親に赤ん坊を預けて、人の目と口の届かない見知らぬ土地へ行ってしまう。ときどき戻ってきた母に抱きしめられると、その胸元からははかなく、しかし忘れられない香りがした。

「大切な思い出の香りなの」

母は一度だけそう言い、白い花のある木のことを話したのだった。

「会社を辞めてからしばらくして、その教会の近くに物件が出たのを知り、この生地店を始めました」

母は、店にもミラノにも、けっして来ようとはしなかった。彼は母好みの生地を選び、母はそれでいつも同じデザインの服を仕立て、大切に着た。どれだけ古びても着こなしが上手なので、品良く着てみせた。そしてとうとう息子の店を一度も見ることなく、他界した。あの白い花が咲く季節の、少し前だった。

「僕は一人になり、教会裏の木と同じものを庭に植えました。白い花が咲くのを見るたびに、母はどういう気持ちで僕を産んだのだろうか、と思うのです」

あの人の、足首まで届く黒いコートは、この店の生地で作ったのだろうか。

今朝バールで見た、深く威厳のある眼差しを思い出して、白い花の木の下の若い二人をぼんやりと想像する。

もう誰も知らない。

白い花が咲く前になると、信者たちが店にやってきては新しい生地を買っていく。生地は誰にも選ばせない。店主が選ぶ。

「聖なる行進のために、みすぼらしいものは御法度ですからね」

# 2　腹ふくるる想い

仕事で知り合った日刊紙の外信部の女性記者から、夕食に招待された。ミラノに住み始めてから日も浅い、今から二〇年あまり前のことである。

当時私は町にまだ馴染めず、気軽に映画や食事に誘い合うような知人がほとんどいなかった。仕事がらみの食事はたいてい外食店で、それなりに楽しかったが、食卓での会話はおざなりで味気なかった。

食事の相手が変わってもいつも暢気なイタリアがあり、外れのない料理にワイン、下卑た話から政治経済までをそつなく網羅する話題は、定番だった。

型通りの食卓を重ねるうちに、ひたすら明るい建前の下には何が隠されているのだろうと、ときどき食卓の下をのぞき込んでみたくなる衝動に駆られた。

そういうときに、自宅で家族といっしょに食事はどうか、と記者から誘われたのである。

当時の外信部は事件報道の現場で叩き上げられた強者揃いで、女性記者はまだ珍しかった。中国語やロシア語を含む数カ国語に長けていたことや、内外に持つ幅広い人脈を買われて、早々に外信部に抜擢されたのだった。

場数を踏んだ男性記者ですら尻込みするような、アフリカの内戦や中近東のテロ、アジアの

0.00

政権交代に揺れる前線に、彼女は誰よりも早く駆けつけて取材した。

どこに行くにもノートパソコンの入ったショルダーバッグを斜め掛けにして、小さな旅行鞄を携えていた。指令があればすぐ出発できるように、最低限の身支度で待機していたのである。

いつも独りで行動し、判断は的確で早く、不要な人間関係には容赦がないように見えた。そんな記者に家庭があるとは、想像もしなかった。


しばらく会わないうちに、記者は前線を退き論説委員に昇進していた。

「年なのよ。もう現場には派遣してもらえなくなったわ」

相変わらずのくわえ煙草で、気怠《けだる》そうに笑った。

まず町なかのバールで落ち合って、アペリティフを飲みながら互いの近況を報告した。

話している間じゅうグラスを持つ記者の手は細かく震え、右の瞼は間断なく痙攣《けいれん》していた。

マルコスやゴルバチョフを取材し、サラエヴォにイタリア空軍と飛んだ頃の、勇ましい記者の面影はもうなかった。


アペリティフを終えて、運河の流れる地区を歩く。ミラノ南部の閑静な住宅街に記者の家はあった。

広い敷地内に、ゆったりとした間隔で高層住宅が四、五棟建っている。芝生が敷き詰められ、ところどころに花壇や生け垣も見える。どれも丁寧に剪定《せんてい》され、色とりどりの花が咲き、遊歩道には丸石が敷かれ、あふれる緑をほどよく区切っている。

幼い子供を連れた母親たちが、乳母車や三輪車を押して歩いている。すれ違いざまに皆が記者に何かしら声をかけ、挨拶を交わしている。

「ここが建ってすぐに入居したので、もう三〇年にはなるわね。私が一番の古株でしょう。住人も、すっかり世代交替してしまった」

若い母親たちを見やりながら、煙草に火を点けて言う。

門番が管理室の窓の向こうから、〈ちょっと待ってください〉と記者を手振りで呼び止め、両手いっぱいの郵便物を抱えて出てきた。

煩わしそうな顔で受け取った郵便物に私信らしいものは見えず、各国の日刊紙や雑誌ばかりだった。

最上階にある家からは、南にはジェノヴァへ続く高速道路が、北にはアルプスの連峰が見えた。界隈の喧噪は遠く、都会の空中に浮かぶような家である。

「日本からのお客さんよ」

いきなり台所へ通され、そこにいた二人の若い女性に紹介された。

「娘たちです」

年子だというが、姉妹は、髪の毛の色も長さも、顔も体つきも似たところが少しもなかった。十八歳と十七歳。高校をあと少しで卒業する、という年頃である。

姉のほうはすぐに立ち上がり、てきぱきと食事の仕度を始めた。

肩の骨が服の上からでも見えるほどの細身で、黒い髪をおかっぱのように切り揃えている。前髪の奥から、大きな目がのぞいている。小さく尖った鼻は筋が通り、子鹿を思わせる魅力的な顔立ちである。

姉は冷蔵庫を開け、生ハムの包みやチーズ、サラダ菜の入ったビニール袋、ワインを次々と調理台の上に出し始めた。

記者は、ちょっと電話をかけてくる、と言い残して台所から出ていった。

夕食の準備をしながら、姉は私に矢継ぎ早に質問をし、こちらが答え終わる前にもう次の話題に移っている。盛んに話しながらも手は休めず、戸棚から大皿を引っぱり出したり、引き出しからフォークやナイフを選んだり、紙ナプキンが切れているじゃないの、と慌てて、代わりのキッチンペーパーを巻き解いて、人数分をちぎったりしている。

一方、妹のほうは一言もしゃべらず、ただ座っているだけである。

脱色したような茶色の髪は、癖毛なのだろうか、好き勝手な方向に毛先がはねている。前髪はときどき手でかきあげないと、鼻先までかかる長さである。髪を上げたときに見える額には、一面にニキビができている。度の強い眼鏡が乗る鼻は、どこかでぶつけたのかと思うほど大きく太く、そして曲がっている。大きな目を見据えるようにして話す姉とは違って、妹はなるべくこちらと目を合わせないように俯《うつむ》いている。

鍋の蓋を床に落として盛大な音を立てたり、威勢良く蛇口をひねり飛び散る水で床をびしょ濡れにして大騒ぎしている姉を、妹は無表情で見ている。

容姿も性格も、太陽と月のように対照的な姉妹だった。

「今晩はここで食べましょう」

記者は長電話を終えて台所に戻ると、有無を言わせない口調で娘たちに告げた。

広い居間で、母娘三人と私だけで食卓を囲むのは他人行儀で寒々しいから、と言い訳するように付け足した。

母親の指令に従い、姉は手早く調理台の上を片付けた。いかにも日用使いといったビニールのテーブルクロスを広げると、あっという間に食卓の用意は整った。

並んでいるのは、あり合わせのものばかりである。

姉が、内輪の食卓だからと生ハムを紙包みのまま皿の上に載せようとしたのを妹は黙って制し、自分でステンレス製の長皿に生ハムを一枚ずつ花びらのように並べ直した。その皿が唯一、来客を歓待しているように見える。

記者はテーブルいっぱいに並ぶ皿をざっと見渡し、花びらのように盛りつけられた生ハムを、あろうことか真ん中から二、三片を乱暴に取った。ハムの花は崩れて、心の籠った盛りつけは一瞬で台無しになってしまった。

あっ、と妹は小さく声をあげ顔を曇らせ、姉はそれをさもおかしそうに笑い飛ばして、記者の家族との夕食は始まった。

「オルガはもう少し愛想を良くして、交友範囲を広げないとね」

姉妹が通う学校の近況や日本についての質問、母親が数日後に出演するテレビ番組など、雑談を一通り終えたあとで、黙々と食べている妹に向かって、姉が命令するような口調で言った。

「またその話？」

妹のオルガはうんざりした顔で、初めて姉に返事をした。

「そろそろボーイフレンドの一人や二人、できてもいいんじゃないの」

すかさず記者も母親の顔になって、咎めるような口調で付け加えた。

妹は俯いたまま、何も言い返さずに食事を続けている。

記者とその娘二人との食卓は、毒にも薬にもならない話ばかりで、途中、息苦しくなった。内容に退屈したからではない。食卓でのやりとりから、気持ちの通っていない母娘の関係がありありと知れて、いたたまれなくなったからである。

姉は話が途切れるのを怖れるかのように、一人でしゃべり続けた。

妹は何も話さない。母親はときどき自分の意見だけを厳しい口調で述べ、平然と話の腰を折ったりした。話すほうも聞くほうも、内容や相手の気持ちはどうでもよいように見えた。

仲の良い母娘を演じる様子は痛々しく、期待していた家庭の食卓は砂を噛むような、居心地の悪いものだった。


「こちらが、きれいなほうのお嬢さん？」

夕食を終えて居間に移り、食後のワインやコーヒーを飲んで雑談していたときである。玄関のブザーに姉がドアを開けると、年配の男女の訪問客が立っていた。家に入ってくるなり奥にいた記者に向かって、男性客が開口一番にそう尋ねたのである。

二人は、記者の知り合いらしかった。

ドアを開けた姉は男性にそう言われて、何と答えてよいのかわからない。困ったように口籠り、客にはあやふやな挨拶をして黙った。

居間へ通された男性客は、ソファーに記者と並んで座っているオルガを見て、しまった、という顔をした。

「それではこちらが、もう一人の娘さんなのですね」

取り繕ったつもりの客のことばで、いっそう気まずい空気が流れた。

オルガは低く唸るような声を上げて立ち上がると、客の顔も見ずに奥のほうへと走っていってしまった。
声を立てずに、オルガは泣いていた。

きれいなほうと、そうでないほう。

姉妹は、自分たちが知らないところで他人からそう呼ばれていることを知った。そのように区別して他人に説明しているのが、他でもない、自分たちの母親であることも知った。

翌朝、私は夕食の礼を言うために電話をかけると、オルガが家から出ていったことを記者から知らされた。
電話口の声はしかし、娘の家出を心配する母親のものではなく、事件勃発を面白がる記者のそれだった。

その夕食の一件以来、たまに記者と外で会うことはあっても、二度と自宅での食事に呼ばれることはなかった。娘二人のことが記者の口に上ることはなく、私もあえて家族の近況を尋ねはしなかった。それでも、あの夜悲しそうに俯いていたオルガの顔と、何かに取り憑かれたようにしゃべり続けた姉の口元を、ときどき思い出したりした。

しばらくして、思いもかけず記者から電話があった。

「娘が同棲するようになってね。新居が整ったのを機に、内輪でパーティーをするから来ない？」

どちらのほう、と思わず訊きかけて、ことばを呑み込んだ。

それは、妹のオルガのほうだった。

あの夕食から、もう一〇年近く経っていた。


母親の家からほど近い、やはり運河地区にオルガの新居はあった。

いらっしゃい、と玄関口に出てきた人を見て、驚く。

大変に上背がある。かなり横幅もあった。玄関扉よりも大きいので、室内が見えないほどだ。

「オルガの連れ合いです。ヴィットリオといいます」

声も大きい。

よろしく、と勢いよく握手されて、骨が砕けるのではないかと思った。

家はヴィットリオの体格と同じように、とてつもなく広かった。

建物は、ミラノ風長屋と呼ばれる、古くからある集合住宅である。元は低所得層向けに造られたもので、各階ごとに回廊で家と家が繋がっている。昔は工芸職人たちが職住を兼ねて質素に暮らしたが、やがて回廊や中庭のある建物の風情が人気を呼び、昨今は若いカップルや詩人、画家などが集まり、洒落た住宅街に生まれ変わっている。

オルガとヴィットリオも、そういう古い集合住宅を新居に選んだのだった。

一軒ではなく最上階を丸ごと買い上げたのだ、と家の中へ通されてわかった。

不思議な家だった。

三〇〇平米はあろうかという広い家なのに、窓が一つもない。天井を取り払い吹き抜けになっていて、頑丈な梁がむき出しで見えている。高く長く広い室内は、改築して上階と下階に分けられている。

通されたのは、上の階である。空間を仕切る壁はない。以前は屋根裏だった空間を利用しているので、上の階を取り囲む壁は高さが一メートル弱しかない。部屋の中央に向かって屋根が三角に高くなっているので、背が高い人でも真ん中なら歩けるようになっている。

低い壁には一つも窓がないので、外が見えない。見えるのは、高い天井に開けられた天窓からの、切り取られた空だけである。

外界との関わりをすべて断ち切ったような新居を見て、あの晩、人と目を合わせないようにしていたオルガを再び思い出す。

奥から、オルガが少し早足で迎えに出てきた。そうしないとなかなか玄関に着かないほど、広いのである。

飾り気はないが質感のある黒のワンピースを上手く着こなし、髪は美容院から出てきたばかりのように輝き、揃って波打っている。眼鏡は、もう掛けていない。

まっすぐにこちらの目を見て、

「お久しぶりでした。夏には、母親になります」

満面に笑みを浮かべて、お腹に両手をそっと伸ばして挨拶した。

一〇年経って、オルガはまったく違う女性に生まれ変わっていた。

ヴィットリオとオルガは、姉が開いたパーティーで知り合った。オルガが二度の落第を経て、ようやく高校を卒業した夏だった。

特技も愛想も魅力もないオルガの将来を心配して、母親から手伝うように命じられた姉は、手当たり次第に男友達を連れてきては、妹と付き合うように仕向けた。しかし運良く交際が始まっても、数週間も経たないうちに、

「空っぽの女」

男たちは異口同音に言い、オルガに愛想を尽かして去っていってしまった。

ある日、姉の大勢の取り巻きの一人が、

「失恋したばかりの奴がいる。少々難あり、だけれど」

と、紹介したのがヴィットリオだった。

〈少々難あり〉は、会ってみてわかった。

彼は、一二〇キロの巨漢だったのである。

ところが皆の心配をよそに、オルガはヴィットリオと頻繁に会うようになる。逢瀬を重ねるうちに、オルガは次第に垢抜けていった。ヴィットリオの肥満を心配したオルガは、低カロリーの手料理を用意し自宅での食事を楽しむうちに、自分のほうが先に痩せてきれいになったのである。

口数が少なく料理上手なオルガに、ヴィットリオは惹かれた。初めて、本気で相手にしてくれた女性だった。彼が一二〇キロにまでなった原因は、孤独だった。

ヴィットリオの父親は、イタリア全土に美容院チェーンを手広く経営している。おかげで一家は、裕福である。しかしヴィットリオは物心ついた頃から、家族揃って食卓を囲んだ記憶がない。美容院を取り巻く世界は華やかである。仕事のせいなのか、若く美しい常連客のせいなのか、父親はほとんど家に帰ってこなかった。

ミラノの高級住宅街に邸宅を築き、山や海の別荘、豪華ヨットに高級な車を買ってしまうと、あとはもう使うあてもなかった。ヴィットリオだけでなく姉も母親も肥満で、洋服や宝飾品で飾り立てても、喜んで同行してくれる相手はいなかったし、不和な家族でバカンスに行くようなことも、もうなかったからである。

父親の事業が成功するにつれて、母親は家に籠りがちになり、誰にも会わなくなった。太った身体を動かすのが億劫になり、一日じゅう横になって過ごした。そのうち、住み込みの料理人を雇い、自ら台所に立つこともなくなった。

母親が台所に立たなくなると、ヴィットリオも姉も食事に合わせて帰宅をすることはなくなった。食卓が消えた家は、ただの箱同然だった。同じ屋根の下に暮らしながら集うことなく、各人がさみしい気持ちを満たすように、好き勝手に好きなだけ食べるような暮らしとなった。

「ヴィットリオの家には各人に専用の冷蔵庫があって、びっくりしました」

オルガは笑う。

記者である母と暮らしていた頃、冷蔵庫を開けて料理を作り食卓の準備をするのは、機敏な姉の担当と決まっていた。本当はオルガも料理がしたかったのに、まるで出番がなかった。何か手伝おうとすると、

「あなたは手際が悪いから、座っていればいい。怪我でもしたら大変よ」

必ず母親が言い、包丁を取り上げられた。

過酷な現場を生き抜いてきた記者から見れば、オルガのすることなすこと要領が悪く、見ていられなかったのだろう。無理をさせないことが娘への愛情、と記者は信じていたのかもしれない。

記者は、肥満一家のヴィットリオとの交際を誰よりも喜んだ。たとえ少々の難ありでも、ヴ

ィットリオの実家にはそれを補って余りある資産がある。〈そうでないほうの娘〉オルガもこれで安泰、と安心したからである。

新居を見つけて仮契約までまとめたのは、記者だった。

ヴィットリオの実家の羽振りが良いのを知ると、誰からも頼まれていないのに、近所に物件を見つけてきた。

「好機には、即刻の勇断が必要よ」

オルガは俯いて母親の厚意に従い、ヴィットリオは腹を揺すって割れるような大声で笑うと、すぐに手付金の小切手を用意した。


若い二人の生活は、順風満帆だった。夏に女児が生まれ、二年後には男の子にも恵まれた。

「お金で解決できることは、そうしたほうがいいの」

記者は、あっという間にベビーシッターと住み込みの家事手伝いを見つけてきて、迷わず雇うようヴィットリオに助言した。二人の幼い子たちに合計六人の世話役が付いて、誰が家主で誰が従業者なのか、わからないほどだった。

「あんたには、どうせ無理」

離乳食が始まると、いつもの調子で記者はオルガに断言し、専属の料理人を雇うようにヴィットリオに命じようとした。

ところがオルガはこのときだけは、けっして承諾しなかった。

「料理は、私が作ります」

初めて母親に抗したオルガを見てヴィットリオは、家族が母親の手料理で食卓を囲める、と喜んだ。その日のうちに電気店へ行き、早速、巨大な冷蔵庫を注文した。


オルガが母親になって、もう数年になる。

昨日、久しぶりに会ったオルガは、新婚当時からさらに様変わりしていた。

ヴィットリオと暮らし始めた頃と変わらず、趣味の良い洋服に手入れの行き届いた髪型だったが、目が落ちくぼむほどに痩せている。痩せたせいだけでなく、どこか顔つきも違う。

よく見ると、あの大きく太く曲がった鼻がない。筋が通ったツンと上向きの、別の鼻があった。

私があまりにまじまじと顔を見ていたので、オルガは照れくさそうに、

「少し手を入れたの」

昨年の母親からのクリスマスプレゼントだったという。

痩せているが、胸だけが豊かに起伏している。

「ここも、プレゼントの一部」

オルガは、俯いて声を出さずに笑った。

痩せぎすの女には魅力がない、浮気されるに決まっている、と記者が断言し、

「あなたのためよ」

有無を言わさず、鼻とセットで胸の整形の予約を入れてきたのだった。

皆から〈空っぽの女〉と疎まれた娘の中身を豊かにすることこそ母親の役目だっただろうに、緩慢なことが許せない彼女は、外見を修整する手っ取り早い方法を選んだのである。


中庭の向こうのほうで、女の子と男の子が大声で言い合いをしている。

紹介されるまでもなく、その二人がオルガの娘と息子だとわかった。遠くにいるので顔は見えなかったが、二人ともヴィットリオと同様、極度の肥満児だったからである。

「家族のためにいっしょうけんめい料理を作ったのに、幼稚園に上がった頃から勝手に冷蔵庫を開けて、好き放題に食べるようになってしまって」

冷蔵庫は、いつも食べ物であふれているのだという。高級な総菜や珍しい外国の食品、毎日届く生菓子に加え、ありとあらゆる飲料、産地直送の食材をヴィットリオが買ってくるからである。空になるのが恐ろしいからだった。冷蔵庫と胃袋が、そして食卓も。

「ママが忙しいときも、この冷蔵庫がついているからだいじょうぶ」

子供たちに言っているようで、実はヴィットリオは自分に言い聞かせているのかもしれない。

そのうちオルガが丹誠込めて健康的な食事を用意しても、子供たちは見向きもしなくなってし

まった。そしてオルガとヴィットリオの家からは、手作りの食卓が消えてしまった。

「母や姉の言うとおり、私は何をしても駄目なのよ」

オルガは俯き、少し泣いた。用心深く、そうっと新しい鼻頭を押さえて、鼻をかんでいる。

初めて夕食を共にしたあの頃のオルガを覆っていた硬くて醜い殻は剝がれ、垢抜けて、夫にも家にも子供にも恵まれたというのに、よりいっそう空漠とした表情をしている。

蝶々に変身して飛び立つことのないまま、枯れ枝で揺れている蛹《さなぎ》のように見えた。

# 3　どうしようもないのに、好き

私が初めてニニと会ったのは、三〇年ほど前の東京だった。

まだ大学に入りたてで、イタリア語はもちろん、世の中の右も左もまったくわかっていなかった頃である。担当教官から、なぜイタリア語を勉強するのかと問われて、「美術に惹かれて」とか「ダンテに興味がある」など同級生は明確に答えていたが、私はただ口ごもるばかりだった。映画が好きで、とは言い出しにくく、行ったこともない国のことを想像できず、毎日ぼんやりと通学していた。

「片言くらいなら、だいじょうぶでしょう」

複雑きわまる動詞の変化を復唱していた私に、イタリア人の教授が紙片を手渡した。電話番号が書いてあり、イタリア人の名前を言われた。教授の知人だという。近々ミラノから来るので、東京見物に付き合ってもらえないか、と頼まれた。教室でぼうっとしている学生に刺激を与えよう、という思いやりだったのかもしれない。

片言も何も、数個の動詞の変化をどうにか暗記した程度で、イタリア人を案内するなど、無理な相談だった。

それでも、行けば何とかなるかもしれない、と暢気な学生気分で私は成田へ迎えにいった。

ミラノから二人の女性は、ドバイ経由でやってきた。当時、イタリアと日本の間に、直行便はなかった。日本は最果ての国であり、気安く訪問するようなところではなかった。交通費も相当なもので、廉価な南回りを利用する人が多かったのである。

白髪まじりの髪をシニョンに結い上げた人と、カーラーの形がわかるほどにきっちりパーマのかかった中年の女性が、出てくるのが見えた。イタリア女性の二人連れは他になく、私は二人の名前を書いた紙を頭上に上げて振って見せた。

シニョンの老婦人は、大変に小柄である。自分の名前を見つけたとたん、その一五〇センチあるかどうかという身を伸ばし、鼻頭をくいっと上げ、大げさに目を瞬かせて、私の目をじっと見てから、

「ボンジョルノ」

と、言った。

低く掠れて、潮風で潰れた漁師の声のようである。ゆっくり両手を開き、左足を後ろに下げて、ダンスの誘いを受けた少女のような仕草で挨拶してみせた。形のよい口元を少しだけ緩めて笑う様子に、思わず見とれた。日本のビジネスマンたちも立ち止まって、老婦人の大げさな仕草と笑顔を見て、つられるようにして小さく笑っている。

とりわけ美しいという容姿ではないのに、足運びやその視線の先を追わずにはいられないような、人を惹き付ける魅力にその女性はあふれているのだった。

一方、連れの女性は、大型の洋服ダンス、という印象である。がっしりと肉厚でいかにも人が良さそうだが、少しの色気もない。自分の名前を見つけると嬉しそうに何か叫び、スーツケースをいくつも積んだカートを力一杯に押しながら、近づいてきた。

ぎゅうと音がするほどに、二人は交互に私に抱きつく。突然、見知らぬ外国人に皆の前で抱きしめられて、私は照れて驚き、声も出ない。

こうして、ニニと私は知り合ったのだった。

ニニを思うとき、成田で見た、周囲がとろけるようなあの笑顔がまず目に浮かぶ。その立ち居振る舞いはため息が出るほど優雅で、見ていて少しも飽きることがなかった。鞄を開けるとき、階段の上り下り、鼻をかむ、ボーイを呼ぶ、振り返る、スプーンでコーヒーをかき回す、小走り、ふと立ち止まる。どの姿にも見惚れた。

ある日、東京見物を終えてホテルに戻ると、ニニは何か思いついたらしく悪戯っぽく笑い、ちょっと見てて、と言いロビーの真ん中まで出ていった。

「紳士淑女の皆さま、こんばんは。ニニです」

突然そう挨拶したかと思うと、そこで一編の詩を暗誦し始めたのである。

低くしゃがれた声だったが、それがかえって不思議な響きを持ち、ロビーに居合わせた数人は何ごとか、とたちまち静まり返り、その即興の独演に聴き入った。

ニニのイタリア語は、耳に留まらない速さで流れたかと思うと突然に止まり、しんとした空白の次には思いもかけない強い調子になって、ことばが一語ずつ飛び跳ねるように聞こえるのだった。

誰にもイタリア語は通じなかった。しかし、どの人にもイタリアの気配は伝わった。

ニニが詩を暗誦し終え、鼻先をくいっと上げてからにこりとお辞儀をすると、いっせいに拍手が起こった。見るとフロントの人たちまでが、カウンターの向こうから感嘆して手を叩いていた。

ニニは、父親が誰なのか知らなかった。物心ついてから、そばにいたのは母親と祖母と子守りだけで、話にすら父親のことは出てこなかった。子供心にも何かあると感じたが、それは母親にも祖母にも訊いてはならないことであるのも、十分に察していた。

学校に上がるとすぐ修道院の寄宿舎に入れられて、卒業するまでずっと、再び女ばかりの環境で過ごしたのである。

寄宿舎に送り込まれたのは、母親がほとんど自宅にいなかったからだ。スカラ座ではなかったが、そこそこの劇場付きのオペラ歌手だった母親は、一年の大半を舞台の上で過ごしていたからである。

ときどき祖母に連れられて、母親の舞台を見にいったことがある。祖母はきまって後列の端の席を選び、舞台の娘の姿を見ては、悲しい場面でなくても静かに泣いた。それがニニには苦痛で、やがては芸能の世界そのものも憎むようになったが、気がつくと自分も舞台に立っていた。

ニニは、女優だったのである。

東京でニニと会ってから一〇年近く経ち、私はミラノに暮らすようになった。町にも慣れたある土曜日、ニニから昼食に誘われた。ざっと数えて、彼女はもう九〇近くになっている計算である。高齢を感じさせず相変わらず粋で、ときどき誘い合っては、食事や茶を楽しむ付き合いだった。

ニニの家は、十八世紀後半の建物の二階にある。居間と寝室と台所だけの小さな家だったが、中庭に面した台所からはL字のベランダが続いていて、開放感のある魅力的な家である。

家は人なり、というらしい。間口が小さく、部屋数も少ない。平凡きわまりない小さな家なのに、奥へ入るとそこにはミラノの空を見上げる空間がある。表からだけではわからないものだ。まるでニニそのもの、という家なのだった。

母は何も教えてくれなかったから、と、ニニの食卓にはいつも同じ料理が並んだ。まず生ハムとメロンでフランス製シャンパンを開け、ミラノ風リゾットにカツレツである。客が着くのを待って生米から炒めて煮上げるので、できあがるまでの長い時間、私たちは台所に座り、べランダの鉢植えの花を眺めながら、あれこれと話し込むのがたいていだった。

食卓の脇を見ると、ワゴンが出してある。刺繍の入った小さなナフキンの上に、シャンパングラスが四個、ナッツ、小さく切ったパルメザンチーズ、酢漬けの新タマネギなどが小皿に載せてある。誰か他にも来るのだろうか。

「夜の客用よ」

とニニは笑った。

毎週土曜の夜は、友人知人が集まってポーカーをするのだという。自分の口座がある銀行の行員や、昔の役者仲間の子供、通い付けの美容院で知り合った人、娘の勤め先の同僚など、年齢も立場も異なる人たちが順繰りに訪れるらしい。

「なかなか勝負がつかず、夜が更けて一時二時になることもよくあるわ」

それほど白熱してカードゲームをするなんて、遊びにも気合いが入っている、と感心すると、

「遊びじゃないもの」

そう言い、ニニは指をすり合わせるようにして見せ、ウインクした。お金がかかっているのでね、というジェスチャーだった。

老いたニニは、カード仲間にいい喰いものにされているのではないのか。金銭を賭けずに、コーヒーや洗剤などを賞品に勝負しても同じだろう、と心配して言うと、

「ポーカーは、現金を賭けてこそポーカーでしょうが」

無粋なことを言うな、という顔でニニはさらりと応えた。

彼女が初舞台に立ったとき、その高くてよく通る声が評判を呼んだ。ソプラノだった母親譲りだ、とニニ母娘を知る人たちは喜んだ。

特別な勉強をしたわけでもないのに新人の頃から個性ある演技ぶりで、稽古の最中に年上の共演女優が、

「やはり血は争えないものね」

ふと感想を漏らしたことがあった。

知らなかったのはニニだけで、当時の舞台関係者は誰もがニニの出生の秘密を知っていた。父親は有名な舞台監督だった、妻子ある。

皮肉にも、あれだけ嫌っていた舞台で働くようになったおかげで、自分の出生が明らかになり、祖母と母親がけっして話そうとしなかった父親に会ってみよう、と決心する。

「ローマだった。郊外に〈チネチッタ（映画撮影村）〉の建設が始まった頃で、新しい芝居を目指す役者や監督、脚本家たちが、各地から集まり始めていたの」

そして、監督と会った。自分の父親の顔を初めて見て、握手して、話し、コーヒーを飲み、挨拶して別れた。

監督はニニを見ながら、昔一度だけ会ったことがある歌手によく似ている、と呟いた。

ニニは、表敬訪問に来た、とだけ監督に告げ、とうとう最後まで身元を明かさなかった。自分の名字と母親と瓜二つのこの顔を見れば、何も言わなくてもすぐに察して、母親と自分を見捨てたこれまでの不義理を詫びてくれるだろう、と確信していたからである。

ところが父親は、娘が生まれたことさえ知らなかったのだった。父親と呼ぶには、あまりにはかない縁と知った。

「泣きたかったけれど、涙も出なかった。ぼんやりローマの町中を歩いていたらね…」

あの人が、と台所から見える、玄関前の壁のほうを指差した。

そこには、簡素な額に入ったモノクロの写真が掛かっていた。かなり古びていた写真の中の男性は、白いスーツに蝶ネクタイ、同じく白の帽子を手に持っている。よく見ると靴まで白である。人待ち顔で座っている。様《さま》になっているのは、その男性がふつうの人でないからだろう。もはやすっかり黄ばんだ写真の中だというのに、ニニと同じ、人を虜にする魅力に満ちている。

「夫よ」

鼻先を少し上げて、嬉しそうにニニは言った。そしてひと息置いて、

「夫だった、のよ」

そう言い直し、さみしそうな顔をして少しだけ笑った。

父親と会った後、傷心のニニは、ローマのポポロ広場の近くで若い男から呼び止められた。

「ちょっと、かけませんか」

そのバールは役者や画家、音楽家などがたむろする場所として有名で、通りに向かって店の外にはいくつかテーブルが並べてある。男は、その一卓に友人たちと座っていた。

「自分が声をかけられている、とは思いもしなかったの。目立つような容姿ではないし、父親と会ったあと、暗い顔で歩いていたから」

役者や文化人たちに見初めてもらおう、と通りには老若取り混ぜて大勢の女性が念入りに着飾って散策していた。そもそもローマ趣味というのは、華やかで大仰である。通りは、派手な衣装を纏った人たちであふれる、オーディション会場の趣きがあった。

一方ミラノ育ちのニニは、地味好みである。仕立ての良い渋い色のスーツに上等の黒いヒールを合わせ、一人で歩いていたので逆に目立ったのだろう。

「舞台までの待ち時間だったそうよ。共演者たちとテーブルについて、食前酒をご馳走になったの」

その三〇前後の男優は、大きな濡れた目でニニをじっと見つめ、薄く形の良い口元で気の利いた冗談を飛ばし、美しい仕草でマルティーニを飲んだ。黒に近い茶の髪はゆるく波打ち、上品な整髪剤の香りがした。鼻筋が通り、横顔は彫刻と見まがうばかりだった。

匂い立つような色男が小柄で凡庸な女性を選んだのを見て、通りで秋波を送っていた女たちは、なぜあんたが、と嫉妬と怒りの目をニニに向けた。

「いい気分だった。主役を張って、思うとおりの舞台ができたときによく似ていたわね」

ニニの表情を見て男はピンと来たらしく、そのまま夜の舞台へと招待した。

舞台がはねて、二人は一晩じゅうダンスホールで踊り、夜が明け、そしてニニは求婚された。

ニニの夫は文字どおり、天に輝く星だった。新進二枚目俳優として全国の舞台でひっぱりだこで、新妻をローマに一人置いて、一年の大半を旅して回った。

ニニは、結婚してすぐに女優を辞めた。ファンあっての役者稼業である。世紀の二枚目に妻があっては、興ざめだ。家庭の匂いも邪魔になる。ニニは夫の人気をおもんぱかって、表舞台から姿を消すことに決めたのだった。

芸能人が集まるローマの高級住宅街にしばらく暮らしたが、入籍していても表に出ないと決めた以上、同業たちの集まりには行かない。周囲は見栄っ張りばかりで付き合う気にはなれず、家の中で夫が帰るのをただ待つ毎日を送った。生まれたばかりの長女もいた。ミラノには、老齢で引退した母がいる。どうせ待つだけなら、ミラノに戻り、母と娘と待とう。

それはニニが幼かった頃、祖母と母と三人で暮らした日々とそっくり同じだった。

「夫は男ぶりにますます磨きがかかり、ときおり家に戻ってきて彼が玄関口に立つと、神々しいほどだった。妻なのに、あがってしまうくらい美しい男性だったのよ」

ニニの待つ家に、人気俳優は戻ってくる。夫なのに、世間にいっしょのところを見せてはならない。長女が歩くようになると、手を引いて三人で散歩したい。海に行きたい。食事に出かけたい。しかし、どれも禁じられた夢だった。

「それでも、夫の顔を見ながら、自分はこの人の妻なのだ、と思うともうそれだけで嬉しくて」

ニニ同様に喜んだのは、母だった。幼い娘も含めてニニたち女三人は、俳優がミラノの家に立ち寄るたびに、ことばと落ち着きを失い、のぼせておろおろしているばかりだった。ミラノに劇団が来ると皆で揃って行き、やや後方の端のほうに席を取り、舞台に立つスターを遠くから静かに見るのだった。多くのファンたちのように。


〈来週水曜、ジェノヴァ港着予定。迎え乞う〉

夫から電報が届いた。

戦争が始まり、負けて、混乱の治まった頃、夫は船でアメリカまで長期の巡業に出かけていった。彼の地のイタリア移民たちから招かれて、戦後の景気づけのような公演だった。

子を抱え、老母の世話をしながらの戦後の暮らしは、ニニ一人には重かった。アメリカに行ったきり劇団からは音沙汰がなく、いつ夫が戻るのか、そしていつ報酬が入るのか、まったくわからなかった。

裁縫が少しできたので、裾あげや仕立て直しで生計を立てようとしたが、周囲も同様に貧しかった。ありとあらゆる内職を探し、働きに働いて、無理がたたったのか、ある日突然、声が出なくなった。

「でもこの声になったおかげで、道が開けてね」

掠れた低い声色になったので、老婆や悪女、魔法使いなど、適任がいなくて困っていたラジオ局やテレビ局から、朗読や吹き替えの仕事が入るようになったのである。若くて小粋な美声が自慢だった女優ニニは、しゃがれた声を売り物に、ひっそりと芸能界に復帰した。

妻のそんな苦労を夫は知らない。ようやく船が着き、波止場で遠く離れて立つニニを見つけて、いつものように片手を軽く上げて合図しただけだった。夫はアメリカでの長い巡業を経て、さらに男ぶりに磨きがかかったように見えた。

劇団員が港から車に分乗して去ってしまったあと、夫から、と船員から一通の封筒を受け取った。開けてみると、〈モンテカルロで待つ〉というメモと片道の鉄道切符が入っていた。

「それからの数日は、桃源郷だった。ミラノに置いてきた母と子供のことを忘れて、私たちはローマで初めて会った夜のように、享楽の限りを尽くしたの」

モンテカルロで妻を待っていた二枚目俳優は、巡業で手にしたギャラをすべて握りしめて、さあ行こう、と妻を誘った。

二人が着いた先は、カジノの向かいに建つ豪華なホテルである。ニニは、玄関を見るだけで足がすくんでしまう。仕立ての良いあのときの一張羅はいつしか、たった一枚きりの古びた外出着になっていたからだ。

夫は妻にドレスと靴を贈り、うやうやしく手を差し伸べて、二人はカジノへ向かった。

三晩目で、夫の一年分のギャラは全額消えた。ホテルの宿泊費も払えない。ニニは賢明な妻だったので、ミラノまでの二人分の交通費だけ、あらかじめ夫に内緒で隠し分けておいたものの、食事にも行けない。夫はそれでも何喰わぬ様子で、思いつくままワインやらサンドイッチを部屋まで運ばせている。ツケはふくれあがるばかりだった。

「翌日、夫に劇団から巡業の呼び出しがかかって」

夫は妻をホテルに一人残したまま、迎えを来させて再び旅に出ていってしまった。

一人残されたニニは多額の未払いを前にして、ふと思いつく。

「モンテカルロから少し歩くと、サンレモ行きのバスが出ていてね。あそこにもカジノがあるのを思い出したの」

朝早く、優雅に散歩に出る演技をしてホテルを出ると、その足でサンレモ行きのバスに乗った。カジノに行く前に、サンレモ駅へ寄った。駅の待合室にあるメダルゲーム機で、腕を慣らすためである。まず翌日のバス賃を手堅く稼いでおき、使い切らないようにポケットにしまい込んでからカジノへと向かった。

こうしてニニは、毎日バスで田舎の賭博場へ通い続けては小幅ながら着実に勝ち越しを続け、とうとう未払いを始末して、ミラノに一人で戻ったのだった。

帰路、どうしようもない男だ、と車内で涙が出た。しかし、夫のえも言われぬ笑顔を思い出して、この苦労もスターを夫にもつ代償のようなもの、と気を取り直したのだった。

「お楽しみは、これからよ」

リゾットを食べながらニニは愉快そうに言うが、目は笑わずさみしそうである。

「ミラノに戻ってしばらくすると、事務所から夫の報酬を取りに来るように言われて、ローマまで行ったの」

久しぶりに訪れて、ローマのすべてが懐かしかった。ニニは、新婚時代に暮らした地区の公園に立ち寄ってみた。

新緑の萌える、のどかな春の昼下がりだった。ニニは、年じゅう晴天のローマが苦手だった。何ごとも陽の下にさらけ出して、と天から言われているようで、落ち着かないからである。

〈人間、少しぐらいは陰があるほうが、慎み深く魅力的なのではないか〉

北国育ちのニニは、思う。

平日で、公園には人があまりいなかった。しばらく歩いていると、乳母車を押す、若くきれいな顔立ちの女性とすれ違った。

おや、と互いに振り返る。

引退する前に一度だけいっしょに舞台に立ったことがある、ニニよりかなり年下の女優だった。端役で目立たなかった。あれからどうしていたのか、とニニが尋ねると、少し前までアメリカ巡業に行っていたのだ、と返事をした。

「偶然の再会に、二人で抱き合って喜んだわ。華のある女優になっていた」

生まれてまだ数カ月だろう。男の子らしかった。真新しい乳母車は濃紺で品良く、淡い水色の上掛けとよく合っている。思わずニニは、抱いてもいいか、とかつての仕事仲間に訊いた。

若い母親は少し戸惑ったような顔をしたがすぐに、ええもちろん、と応え、赤ん坊をそうっと抱き上げてニニに渡した。

上掛けと揃いの水色の帽子を目深に被っていたので、ニニは帽子のツバを優しく持ち上げて、小さな顔を覗き込んだ。

そして、絶句した。

はっきりした眉、薄く形の良い唇、鼻筋。そして、〈えも言われぬ笑顔〉。

目の前の若い女優は、黙って立ち尽くしている。

「スターの邪魔にならないよう、舞台からは降りたほうがいいわ」

ご助言ありがとう、後輩の女優は震える声で応え、大事に赤ん坊をニニから抱き取った。

# 4　目は口ほどに

玄関の扉が開くとすぐ目の前に、台所に通じるドアがあった。ドアは開けっ放しにされていて、厨房の乱雑な様子が丸見えである。調理場の雑多な音や匂いが玄関までいっせいに押し寄せてきて、

「いらっしゃい」

そう言って出迎えたのが、家の主だったのか台所の騒然なのかわからず、一瞬たじろいだ。夕食に呼ばれて、訪れている。

不思議な家だった。

ある程度の広さがある家には、玄関を入るとちょっとした上がり口や廊下のような場所があり、そこで外套や帽子を脱いだり、手土産を渡したり、杖や傘を置いたり、身繕いを整えたり、気持ちを静めたりして、奥の居間や客間、他の部屋へと案内されるようになっている。

そういう余分な空間が、この家にはなかった。

先に着いた客がいるのだろう。壁にいくつも並ぶ凝った木彫りの衣紋掛けにはすでに、何着かのコートやマフラー、帽子が掛かっている。どのコートもたった今クリーニング店から持ち

帰ったばかりのように清潔で皺がなく、生地にはしっとりとした光沢とうねがあり、ちらりと見える裏地は表布と同系色の絹で、いかにも品が良い。

「どうぞ」

コートを預かった家主は、奥へ入るように勧めてくれた。

家には仕切りの壁がないので、奥にある居間も台所と同じように、玄関から一望できる。右手奥のほうに、三人掛けのソファーが二つL字型に置いてあり、薄茶色の布地のシェードが付いたフロアランプがぼんやりした灯りを放っている。

帆布のソファーにはこれといった特徴もないが、奥行きがあり背もたれの部分が分厚くしっかりしていて、見るからに座り心地が良さそうだ。

ソファーに身を沈めるようにしてくつろいでいた夫婦らしい先客が立ち上がり、品の良い笑みを浮かべて、言葉少なに挨拶した。

その初老の二人とも、紹介してくれる家主とも、私はこれまで一度も会ったことがない。今晩、初めてここで顔を合わせるのである。

風変わりな夕食の始まりだった。


「書物に造詣の深い友人がいる」

ぜひ紹介したい、と知人から誘われた。医師だという。バールなどで落ち合って、食前酒で雑談、という程度に考えていた。ところが、その蔵書を見ないことには話にならない、と重ねて誘われて、初対面だというのにその医師の家までいきなり訪ねていくことになった。

「先方に不便のないよう、そのまま夕餉《ゆうげ》となる握り寿司を持っていく約束なので、余分な手土産や遠慮は無用」

私を誘った知人は気軽な調子でそう言ったが、何の面識もない人を、その私邸まで訪ねるのは気が重かった。

その医師は臨床医としてばかりではなく、大学でも教鞭をとり、講演は引く手あまたで、その研究成果は国内外で高く評価されているという。

世界的な権威ある科学者、読書が趣味、教養ある客を集めての夕食、である。上流の空気に満ちた室内。銀食器とクリスタルグラスの触れ合う音。くゆる葉巻の煙と香り。鈍く光る骨董のイヤリング。年季の入った老夫婦。あるいは、年の差が二世代の、新しい連れ自慢。

自在に時代を飛び越え、国境を構わない自由で洒落た会話を想像する。食卓にはきっと、寿司と生ハムが違和感なく並び、それに合う蘊蓄《うんちく》満載のワインが次々と出されるのに違いない。

車が停まったところは、意外にも、門番のいないごく質素な建物の前だった。横並びの建物はどれも、各階のバルコニーの様子が下からよく見てとれる、あけすけで庶民的な雰囲気である。

医師や弁護士といった人たちが集まって住む、旧くからの屋敷街に行くと、前世紀に遡《さかのぼ》る建物は遺跡と見まがうばかりの荘厳な造りであり、入り口から各家への玄関までには幾重にも関門があって、呼び鈴一つで簡単に中へ入る、というわけにはいかないところが多い。しかも呼び鈴には名前すら記載されておらず、数字や住人のイニシャルが並んでいるだけだ。

ところが、その医師の家は気さくな外観だった。建物の入り口は鉄格子が入っているもののガラス戸で、医師の名字が堂々と記された呼び鈴を押すと、簡単に扉は開き、入るとそこはもう医師の家の玄関前なのだった。

家の主に続いて、台所から背の高い痩せた女性が声高に挨拶を言いながら出てきた。尻上がりの強いアクセントがあり、明らかにフランス人とわかる。

主の妻である。肩を越える髪は細かく縮れていて、強風になびくように四方八方に広がっている。ほとんどがもう白髪なのだろう。金髪に染めた髪は秋の稲穂のように乾き、黄色く変色している。嵩高い髪を押さえるためなのか、焦げ茶色の細いリボンをカチューシャのように結んでいる。個性的だったが、どこかに時間を忘れてきたかのような様子である。疲れた黄色の毛と、少女のようにリボンで結い上げた髪型と、六〇に近い顔に掛けた、円形の太い黒縁の眼鏡の組み合わせがちぐはぐで、そして切ない。

「フランソワーズです。妻です。画廊に勤めています」

明るい声でそう言い、ほら、というふうに家の中のあちこちに立て掛けられている額入りのポスターや、部屋の隅に置いてある、色付きの彫像などを指差しながら、笑った。

持参した寿司は使い捨てのプラスチック製の大皿に盛り合わせてあったが、フランス人の妻はその大皿を受け取ると、そのまま食卓の上に無造作に置いた。

「最後の仕上げがあるから」

忙しそうな声に戻り、手伝って、と夫に目配せして、客たちを残し台所へと小走りで戻っていった。

食卓には数種の白ワインが置いてあり、先に着いていた客が慣れた調子で、家主に代わり皆にグラスを勧めている。

あちらこちらと人の間を回り、二言三言社交辞令を交わし、そのうち三々五々食卓に着いて、料理と医師夫妻が厨房から出てくるのを待った。

テーブルは木目の美しい一枚板で、背後にあるがっしりとした白木の食器棚と対になっている。仕切りのない広い室内に、食卓まわりだけが田舎風の様式で、緩んだ一角を作り上げている。

そしてその一角以外は見渡す限り、本だった。

壁には、隙間がない。次第に溜まった、というのではなく、ここに並ぶ本は時間をかけて念入りに揃えられ、分類され、整理してあることが一目で伝わってくるのだった。

壁じゅうを覆う本棚は、作り付けに違いない。蔵書に合わせて作らせたとしか思えない、手の込んだ箇所もいくつか見えるが、家具としての装飾はない。本さえ納めることができればそれで十分、と実用一辺倒である。

本の背表紙は、室内が薄暗いのでここからだと見えない。しかし近寄って見たとしても、よくわからないかもしれない。そういう、年代ものの書物が圧倒的に多いのだった。薄い本は見当たらない。文芸書がない。現代の本もない。雑誌もなかった。

「お待たせしました」

湯気の立つステンレス鍋を持って、ようやく主は食卓にやってきた。私の前に座った初老の男はニヤリと笑って、

「十八番ですな」

私の皿を取り、熱心に鍋をかき混ぜる主に手渡す。

「給仕する速度が肝心です」

主はそう言いながら、眼鏡を真っ白に湯気で曇らせて、順々に皿へ料理を盛っていく。

何が出てきたのか、と見ると、それはサフラン入りのリゾットだった。すでに食卓には、五合分はあろうかという大量の握り寿司が並んでいる。主と妻は、握り寿司が届くのをあらかじめ承知していたはずなのに、もてなしの一皿目も米料理なのである。

他の客たちの顔色をうかがうと、誰も何も気づかぬ様子で、できたての米料理を嬉しそうに受け取り、

「給仕されてから、チーズを混ぜて食べるまでの手際が肝心です」

などと返しながら、皿を受け取ると早速、熱々を頬張っている。

主である医師は皆にリゾットを配り終えるとほっとしたように座り、自分も食べ始めた。主もその妻も口を開かないので、もちろん客も黙っている。聞こえるのは、低く流れるクラシック音楽とフォークが皿にあたる音だけである。

居間の奥にひっそり並んでいる箱入りの本が揃ってこちらを凝視しているようで、リゾットがうまく喉を通らない。

まだ皆が食べ終えないうちにフランス人の妻は立ち上がり、台所から次の料理をいそいそと持ってくるとダンスのステップを踏むようにおどけて、皿の中身を見せた。

「今朝、有機野菜市場で手に入れたものです。目の疲れに効く香草も混ぜてあります。極上のトスカーナ産オリーブオイルで召し上がれ」

妻は甲高い声で一気に口上を言い、皆にオイルの瓶を大切そうに見せて、青菜を勧めた。

給仕のタイミングを逃した青菜は、すでに皿の上でげんなりしている。

妻は誰からも問われていないのに、有機農業について懸命に話し続けている。農薬がどうの、土壌がこうの。青菜の皿を持ち、客から客へ移動しながら、頭上で言葉を尽くして説明する。

一度、話し出すと止まらないらしい。

口を挟む者はなく、相槌を打つ人もなく、皿の中を見る人すらいない。響くのは、彼女の講釈だけである。

リゾットのあとに肉が出るわけでもなく魚もなく、残った青菜は皿の上でのびたように横たわったままである。客たちは手持ち無沙汰に寿司を摘み、誰かが気の利いた話を始めないか、と待ちわびている。

さて、と独り言のように呟き、医師がついと立ち上がったかと思うと、リゾットの鍋を片付け、青菜の皿を下げて、寿司の大皿を脇へやり、

「近所で買ったケーキをどうぞ」

包みも解かずに食卓の中央に置き、凝ったラベルのデザートワインを棚から出した。箱と栓を開けたのは、客である。


この家に入ってからというもの、客と主との間にはほとんど話の往来がなかった。主の機嫌が悪いのか、というとそうでもないようだった。居心地の悪そうな人がいないところを見ると、いつもこうなのだろう。しかし初対面の私には、どうにも気詰まりだった。

過日ヴェネツィアに行ったとき、どうしても見つからなかった古い劇場があった。博学の医師なら何か知っているかもしれない。話題を振ってみるが、医師は考え込むような顔をして、

相変わらず何も言わない。すると脇から妻がはじかれたように、

「今ヴェネツィアで話題の美術展は、たしか」

と口を開きかけた。すると医師はその晩初めて、大げさに振り返って、まじまじと妻の顔を見た。冷たい目だった。妻はびくりと黙って、席を立ってしまう。

再び、食卓に漠とした沈黙が戻った。

間が持たず、私は向かいの初老の夫婦のセーターをほめてみる。

「私も同じようなセーターを持っていましてね」

台所からケーキナイフを持って戻ったフランス人妻が、こちらの言葉尻を捉えて、話に分け入ってくる。原糸からセーターになるまでの過程を話し、染色法を説き、そのセーターがどれだけ暖かいか、保湿性があるか、話は止まらない。ほめられたセーターの本人は、一言の返事もできないまま、フランス人妻の講釈の前にじっと黙っている。

ドン、と大きな音をさせて、そのとき医師がテーブルの上に数冊の本を置いた。妻はぎょっとして口をつぐみ、夫が持ってきた本を見る。

「ああ、それなら私も」

慌てて、妻は居間の奥へと走っていってしまった。

医師は妻には一瞥もくれず、自分の持ってきた本を一冊ずつ開いて見せ始めた。四冊あった。

ヴェネツィアの本だった。

十八世紀のヴェネツィアが、その四冊に凝縮されていた。写真はない。カメラがまだない頃の、ヴェネツィアなのである。その四冊には、水の都のありとあらゆる細部のスケッチが載っていた。路地、橋、屋根、柱の彫刻、ゴンドラ、階段、鐘台。そして、気配。ヴェネツィアに陶酔した、前世代の建築家がそのすべてを記録に残そうと、線描画にして記録したものだった。医師が指を差したところを見ると、その劇場の写生があった。一見、街の実録のようではあるが、それは建築家の視線と執念を綴じ込んだ本だった。

膨大な頁を繰る医師の顔をそっとのぞく。ここに身体はあるものの、気持ちは本の中の世界に飛び、客たちが本を見て口々にわかったような感想を言うのも、少しも耳には届いていない様子だった。

しばらく書棚の前であれこれ思案していたフランス人の妻が、嬉しそうに食卓に戻ってきて、七、八冊の本を積み上げた。

「世界の衣服史の本ですの」

そこにはやはり線描画で、数世紀前から現在にいたるまでの服飾の歴史が記されているのだった。どこかの展覧会の図録らしく、ありきたりな内容に、客たちは付き合いで数頁をめくってみせただけで、あとはケーキをつついている。

医師が、また別の本を取り出してきた。ヴェネツィアの続きか、と開いてみると、その分厚い本には最初から最後まで、各時代に流行った髪型と生え際の素描が掲載されている。探していた幻の劇場で上演された、オペラ歌手たちの髪型まで載っている。素描は精密で、髪の毛一本、毛穴にいたるまで、まるで顕微鏡で観ながら描いたようだ。

髪型を見せたかったのか、細密な技術を見せたかったのか。その本からも著者の一念を感じ、たじろぐ。

「ちょっとこちらに来ませんか」

言葉を失い髪型百科事典に見入っていると、医師が誘った。

玄関の前を通り、奥の部屋へと案内される。

ドアが閉じていたので気づかなかったが、そこから先には寝室が数部屋あるようだった。

通されたところは、長細くそれほど広くない部屋だった。シングルベッドが壁側に置かれてあり、あとは小机があるだけである。

尋常でないのは、その部屋の中にある物だった。

ベッドの横の壁は、天井に届くまでびっしりと、油絵で埋まっている。大きなものから手の中に収まるほどの小さい絵まで、優に数十はあるだろう。描かれているのは、すべて聖人のようだった。

これほど信心深い医師だったのか、とざっと絵を眺めていくうちに、はっとした。絵の中の聖人はどれも皆、同じ人物だったからである。

医師は満足そうな顔で、今度はこちらを、と見せた対面の壁にも、隙間なく絵が掛かっている。半分は陶板を額に入れたものであり、残りの空間には水彩画が掛かっている。もちろん、すべて同じ聖人が題材である。

正面の、小さなバルコニーに通じるガラス戸の前には、結構な高さの石像が置いてあった。近寄って像と目が合うと、その像もやはり同じ聖人だった。

ベッドの上には、古い文献なのだろうか、紙の山がある。たいそうな量だが整然と仕分けされ、ひとかたまりごとに分類項目が書かれたハトロン紙が巻かれてある。ほとんどが赤茶に煤けていて表紙の判読はしづらいが、やはり同じ聖人についての文献であるのは、辛うじてわかるそのタイトルから明らかなのだった。

聖人は、目の守護神だった。医師は、眼科医なのである。

「どうぞ、こちらの部屋にも」

扉一つでつながっている隣の部屋に通されると、その四面の壁すべてに書棚があった。入ったとたんに、得体の知れない渦巻きに呑み込まれるような気がした。

黙ったまま医師が、もう堪らない、という喜びに満ちた顔で手に取った一冊は、注意深く両手で持たないと分解して崩れてしまいそうな、古い本だった。

「パピルスです」

この二つ目の部屋には、目の病い、眼科治療に関するありとあらゆる医学書の古書が蒐集されていたのである。

これを、と見せられた本には、先ほどのヴェネツィアの線描画のように、目の病いとその症例が手書きで事細かく描写されてあった。

「世界で最も古い、医師による医師のための指南書です」

医師は今にもその本に頬ずりでもしようか、というような惚けた目つきで言った。

仕事で朝から晩まで診察をし、息抜きのための読書なのか、と思っていた。ところが医師は仕事を離れても、自分の専門分野とその守護神についての古書を集めるのが生き甲斐らしい。

ふと気がつくと、部屋の外に医師の妻が立ってじっとこちらを見ている。

どうぞ、と私は手招きしたが、静かに笑い、そのまま居間のほうへ引き返してしまった。

医師は、妻のほうを振り返ろうともしない。何も言わない。両手に包み込んだ古書の頁に見入ったままである。

医学書の中には病いの目が無数に描かれていて、見ているうちに辟易した。いたたまれなくなり、医師に礼を言い退室した。

部屋を出たすぐ前は玄関口だが、その壁に数十枚のスナップ写真が貼ってあるのが目に入った。家に入ったときは台所や居間に目を奪われて、気がつかなかった。

それは、産湯を使う赤ん坊であり、カーニバルでの変装で騒ぐ子であった。ヨットの甲板で真っ黒になっている中学生が、その横の写真ではオートバイにまたがって得意気な高校生になって写っている。スキー場で母親に抱きついている小学生のときも見えれば、神妙な顔をして画廊の前でポーズを作っている青年の姿もあった。

壁の写真に見えるのは、男の子が二人。どちらの子も、生まれてから高校生くらいまでで写真は終わっている。癖っ毛で、照れたような目をした二人が夫婦の息子たちであるのは、一目瞭然だった。


医師宅へ連れてきてくれた知人によれば、二人の息子たちは家を出たまま、もう何年も顔を見せていないという。二人とも三〇を超えた年齢で、今どこで何をしているのか、誰も知らないし、誰も尋ねない。夫婦も知らない。息子二人とは、銀行口座越しに接触するだけだという。

医師は、子供たちがまだ幼い頃から機会を見つけては、美術展に音楽会、海外旅行へと家族を連れて回った。しかしそのうち息子たちは、あちこち見て回るのは自分たちのためではなく、父親の偏向した興味と蒐集のためなのだ、と気づく。

「父さんは、〈目〉ばかり見ている」

そう言って、息子たちは父の奇妙な趣味を笑ったが、気づくと今度は自分たちが、父親の目ばかりを追うようになっていた。

父さん、僕たちをちゃんと見て。

医師の視線の先にいたかったのは、息子たちばかりではなかった。

妻も必死だった。博識の夫に少しでも自分のほうを見てもらおうと、無我夢中で自分でも美術展を回って知識を蓄え、眼科関連の書籍を探し出し、目の飛び出るような高額の古書でも夫のために購入した。そのあまりに羽振りのよさに古美術商のほうが気を遣い、自分の画廊を手伝わないか、と持ちかけるほどだった。

息子たちが食い入るように父を見つめようが、妻がどれほど懸命に本を集めようが着飾ろうが、目に効能のある料理に精を出そうが、医師の視線は妻にも息子たちにも止まることがなかった。

彼が見つめたのはただ一つ、古書の中の目だった。本を閉じてしまえば、もう自分は見つめ返されることはない。歴史の中に綴じ込められた、動かない目。物を言わない目。死んだ目。

自分に愛情や責任を求めるような、媚びた目や責める目が負担だったのかもしれない。

生きた目を診るのは、患者でたくさん。

彼は、妻を愛する夫でも、息子を慈しむ父でもなかった。人の目の奥までを、見抜くことを疎んじて、自分一人の世界に籠ったのである。

医師は、中流階級の家庭に生まれ育った。七人兄弟。彼だけが大学へ進学し、異能を発揮する。出世した息子を、両親はどれほど栄誉に思っただろう。

「数軒先に母親は健在で暮らしているのに、この数十年、一切の往来を断っている」

知人は言った。

彼と母の間には、どういう確執があったのだろう。過度の愛情の応酬に、息子の彼は疲れてしまったのだろうか。

食卓に着いても対話のない、医師の様子を再び思い浮かべる。

本当はあふれるような気持ちがあるのに、それを相手にうまく表現できない。

わかってもらえないのなら、もうそれでもよい。

僕には、これがあればいい。

相手の反応をうかがうことなく、自分の一方的な愛情を注ぐことができる。古書の中にある、自分を見つめない目を、じっと見る。

父親にこちらを向いて欲しかった息子たちは待ちくたびれて、その目の届かないところへと去っていってしまった。

〈父さんの大切な守護神と本を、僕たちの代わりに部屋に置いてあげて〉

揃って家を後にした日、息子たちの置き手紙にはそう書かれてあった。

それは、医師がかつて母親から去ったのとまったく同じだった。

〈私を見て〉

仕切りのない不思議な家には、物を言わない無数の生きた眼差しがあちこちに潜んでいる。そして医師は、そのどの目も見ようとはしていないのだった。寂しくて、怖くて、見つめ返すことができないのかもしれなかった。

# 5 冷たい鉄

一〇月中旬から公的機関に暖房が入ると、ミラノの長い冬の始まりだ。四月までの半年にわたって、連日、市内の建物の屋根に突き出た煙突から重油の煙が上り続ける。

人々はなるべく外出を控えて、厳寒が通り過ぎるのをじっと待つ。

大人はそれで済むかもしれないが、遊び盛りの子供たちが問題だ。学校から家に戻ったあと、退屈させないように何とかしなければならない。たいていの家庭は共働きで、子供たちは祖父母やベビーシッターに預けられて、それぞれの午後を過ごす。

「月曜はプール、火曜はダンス、水曜はアンナの家で遊んで、木曜は英語。金曜はアンナがうちに泊まりがけで遊びに来る。そうだったわね?」

親たちは、子供の午後のやりくりに懸命である。翌週の子供の予定を確かめて、稽古事や約束ごとへの送り迎えの担当を振り分ける。夫婦のどちらかが寝込んだり、予定外の会議や出張が入ろうものなら、大変である。家庭の均衡はあっという間に崩れ、夫婦喧嘩の火種になりかねない。

〈子はかすがい〉というが、持ってみないと宝物の重さはわからないものなのだ。

九月に新学期が始まると、私は近所の数家族から、学校の連絡帳に署名をするように乞われる。意見陳情のための署名集めではない。〈保護者代理人〉として、その家の子の送迎を代行するために、私の身元を登録するのである。小学校の登下校には、保護者の送迎が義務づけられている。あらかじめ登録された成人が付き添わなければ、児童は登下校できない。私が会社勤めをせずにたいてい家にいることを、皆知っている。遠い親戚よりも近くの他人、なのだ。

引き受けてみてわかったが、〈予定外の会議や出張〉はけっこう頻繁に起こるのだった。

小学校の授業終了は、午後四時半である。仕事をしている人には、中途半端な時間帯だろう。退社時刻の午後五時を目前にして早退し、迎えに行かねばならない。遅刻する保護者に、学校側は手厳しい。ヒールやスーツのまま、学校へ駆けつける親たちが大半である。

「今日、どうしても抜けられないの。お願いしていい？」

電話口で悲愴な声を上げているのは、マティルダの母親だ。九時五時の勤務が不可能な、広告代理店に勤めている。

午後四時半、代わりにマティルダを迎えに行く。学校の玄関口にマティルダは二人の友達と手をつないで出て来て、

「これからうちに遊びに来ることになったの！」

にっこりと言うのだった。

こうしてうちの居間には、しょっちゅう小学生たちがいる。

おやつを食べ、宿題を済ませてしまうと、毎度テレビやゲームというわけにもいかない。かといって、こちらにも用はあるのでいつも遊び相手をしてはいられない。

思案した挙げ句、知人のロレンツォの顔が浮かんだ。

六〇歳間近の旧友で、芸術家である。


「四、五人集まるといいのだけれどね」

バールに呼び出されたロレンツォは、相談を受けて愉快そうにしている。

子供たちを迎えに行くのか行かないのか、どの子を迎えに行くのか、予定が立たないのでややこしくなるのだ。あらかじめ日を決めておき、忙しい親たちの代わりに近所の子供たちをまとめて迎えに行き、皆で揃ってうちで午後を過ごし、夕食時に親に迎えに来てもらうようにする。


うちには、そこそこの広さの居間がある。家具がなく、がらんとしている。そこを開放して、たとえば絵画教室など開いてみてはどうだろうか。

親たちに提案してみたところ、

「絵でも何でも、もう任せるから」

子供たちを預かってくれるのなら、と即座に全員が同意した。

ロレンツォに連絡したのは、平日の昼下がりに手を貸してくれるような人を他に思いつかなかったからである。彼は自由になる時間はふんだんに持っているが、金銭的には窮屈な暮らしぶりなのだった。

知り合って二〇年近くになるだろうか。あるカメラマン宅での夕食に同席したのをきっかけに、ロレンツォとは互いの家をときどき往来するようになった。正確には、ロレンツォの家には行ったことはない。いつもアトリエへ呼ばれる。

彼のアトリエは、空港へと続く県道沿いにある。私の住む地区からは町を横断してまだそのかなり先の、遠くて不便なところだ。三〇分ほど地下鉄に乗ったあと、郊外へ行くバスへ乗り継ぎ、停留所からしばらく歩いて、やっと着く。

夕食に呼ばれてバスの最終を逃してしまうと、帰路はタクシーになる。一帯には秋から春まで、朝夕に霧が立ち込める。近くに農地や森林があるからだろうか。ナイフで切り分けられそうな濃霧が出ると、フォグランプを点けて恐る恐る走らなければならない。

冬の帰路は、〈暗中模索〉というふうになる。

それでも、ロレンツォのアトリエでの食事は魅力的で、招待を受けると皆、喜んで出かけていくのだった。

ミラノ市内と空港をつなぎ他都市へと延びる県道は、業務の車や貨物トラックで混み合う産業道路である。殺風景な灰色の道を空港手前で後にして、アトリエのある地区へと入る。

周囲の建物のほとんどが、公営団地である。戦後、外へと急速に広がり続けた、ミラノの新開地だ。

新興の地も六〇年の時を経て、すっかりくたびれ果てた風景と化している。県道はミラノの大動脈であり、絶え間なく行き交うトラックは血液だろう。町が吐き出してきた息を吸い込んで団地は黒ずみ、重苦しい表情で冬の景色の中に沈んでいる。

団地はどれも似たような建物で、間を通る道にも特徴はない。何度も訪れているというのに、通りの名前と番地をよく見ていないと迷ってしまう。

アトリエは、鉄格子の入った門の向こうにある。

呼び鈴が、耳をつんざくような音で鳴る。

「君たちなのかい?」

遠くでロレンツォの怒鳴り声がする。犬がさかんに吠え立てる。

私たちですよ、と叫び返すと、重々しい音を立てて鉄の門が手を広げるように、ゆっくりと開いていく。入るとすぐ右側にはかつての門番室があり、奥へ進むと両側に平屋の建物が三、四棟連なっている。

敷地の突き当たりで、ロレンツォが手を振っている。

そこには昔、部品工場があったという。

「親父が一代で作って、僕が一代で潰した」

ロレンツォは、私たちが訪れるたびにそう説明する。そして首に掛けたタオルと閃光避けの作業用眼鏡を外して、アトリエへと招き入れるのだった。

工場だった建物をそのままアトリエとして使っているので、ガラスも窓枠も屋根も壁も相当に古びている。床はコンクリートを打ったままだが、それも深くひび割れして、建物の下の土が見えている。

「僕らは同い年なんだよ」

頑丈なむき出しの鉄骨でできた柱を軽く叩きながら、ロレンツォはアトリエを案内してくれる。

戦後の復興期に、荒れ地だっただろうこの場所に工場を建て、さまざまな部品を作り、現在のミラノの礎を担った、若き日のロレンツォの父親を思う。

父親が鉄を削っていた場所で、ロレンツォは鉄をつなぎ合わせて大きな塊を作っている。父親が削り上げる部品の精巧さは評判で、よく売れた。ロレンツォの作る鉄の塊は、誰に引き取られることも見られることもなく、元工場の中に置かれたままである。

「大きすぎて、誰も飾ってくれないんだ」

いつからそこに置かれたままなのか。すっかり錆び付いて茶色になった塊を叩きながら、ロレンツォは少し拗ねたような顔で笑う。

アトリエでの夕食は、鉄の塊に囲まれて始まる。

初めてアトリエの夕食に呼ばれると、たいていの女性はそこらじゅうに散らばる金属の片や塊、鉄くずを前にして、立ちすくんでしまう。しかも食卓は、昔の作品の一つである、鉄の塊を代用したものなのだ。

驚いている女性たちにワイングラスを手渡し、

「ちょっと失礼」

姿を消すこと数分、アトリエに戻ってきたロレンツォは、まるで別人になっている。

墨黒のハイネックセーターに黒のウールのズボン。タックなしで、まっすぐに延びる織り目のプレスのかかった線が、長く美しい。ズボンの裾は、絶妙な長さでショートブーツを半分ほど覆っている。ちらりと見える靴は磨き上げられて黒光りし、窓枠が映るかと思うほどだ。

寒々しい鉄や建物の様子に怖じ気づいていた女性客たちは、ロレンツォの変貌ぶりに釘付けになっている。

ごく簡素な恰好がゆえ、個性はいっそう映えて、荒々しいアトリエ内に浮かびあがって見える。銀髪を五分刈りにしているので、長身で贅肉のない体軀が余計にすらりと見える。筋の通った高い鼻。大きく切れ長で緑色の目は、獲物を狙う鷲を思わせる、冷たく鋭い光を放っている。

「どうぞこちらへ」

ロレンツォが自分の隣席を勧めたのは、アトリエでの食事に初めてやってきた三〇代半ばの女性である。他の友人たちは慣れたもので、持ち寄ったワインの瓶やサラダボウル、肉料理の入った鍋を周りにある作品の上に気軽に置いて、飲み食いを始めながら雑談に興じている。

私はロレンツォに、その女性を紹介した。

「ああ、あなたがマティルダのお母さんなのですか。お嬢さんは活発な絵を描く。これからが楽しみですよ」

マティルダの母親を連れていくことは、あらかじめ彼には連絡してあった。

広告代理店に勤める関係で、いくつかの画廊主や美術評論家、専門記者たちと接点がある、と以前、彼女から聞いていた。アトリエでの夕食をきっかけに、彼女の口からロレンツォの作品のことが関係者に伝わることもあるかもしれない。それで個展や紹介記事につながるようなことでもあれば、と思って、マティルダの母親を夕食へ連れていったのである。

話の合いの手でも入れようか、と二人に声を掛けようとして、私は黙った。

すでに彼女は、大きな緑色の目に吸い込まれてしまっていたからである。

ロレンツォには、四〇年近く連れ添った妻がいる。同じ地区で育った、幼馴染みだったらしい。戦後の混乱期に妻の両親は、仕事を探してシチリア島からミラノへ移住してきた。

彼は、妻の話をしない。

かなり以前、何度目かの夕食のとき、まばゆいような金髪の青年と黒髪の背の高い若い女性と同席したことがあった。姉と弟なのだ、と自己紹介した。二人にはあまり似たところはなかったが、目だけは揃って大きく、濃い緑色をしていた。

ロレンツォの娘と息子なのだった。

細かくウエーブのかかった金髪の息子は、母親に似たのだろうか。

私は青年の横顔に見入った。二〇歳を少し過ぎたかという彼は、北欧でもなく、しかし地中海とも違う気配を漂わせた、美しい若者だった。ベルリンで皿洗いをしながら絵を描いている、と言った。

娘は、ロレンツォの厳つい姿から角を丸めて滑らかにしたような女性だった。その日の食卓では、客たちに弟も混じって熱心に芸術論を交わしているのを、黙って聴いているだけだった。ときどき大きな緑色の目をさらに見開いたり細めたりして、皆の話に賛同したり疑問を投げかけたりしていた。

「娘はアングラ劇団のメンバーでね」

夕食で知り合ってからしばらくして、ロレンツォから観劇に誘われた。

劇場は、彼のアトリエだった。

娘は大きな鉄の塊を握りこぶしで叩きながら、低い声で詩を暗誦した。父親の作品の周りを歩きながら暗誦をし終えると、舞台もそれで終わった。

観客は、私たち友人数名と、ベルリンで皿洗いをする息子とそっくりの初老の女性だけだった。

その女性の目を見て、ロレンツォが妻の話をしない理由がわかったような気がした。芝居をし終えたばかりの娘を見るでもない。目はたしかに鉄の塊のほうを向いているのに、その視線は空を泳いで空《うつ》ろだったからである。

私たちのいる世界とは違う、遠いところにいる目だった。

「それじゃあ、来週の絵画教室の後にでも」

アトリエでの夕食のあと皆が帰り支度をしているとき、ロレンツォはマティルダの母親に声を掛けた。

食事の間ロレンツォは他の客たちの話にほとんど加わらず、隣席の彼女とばかり話し込んでいた。

「最近の芸術の傾向は…」

「○×画廊の企画展は、どうもねえ…」

「…その通り！　赤ならあの作品に限る」

ときおり熱い調子のロレンツォの声が途切れ途切れに耳に入ってきたが、周囲の人を寄せ付けない雰囲気があって、誰もロレンツォと彼女の話に割って入ろうとはしなかった。

ふと見ると、ロレンツォはコートを羽織って、車のキーを持ち、彼女の脇に立っている。

いつの間にか屋外には、ミラノの冬特有の濃い霧が立ち込めていた。


その濃霧の夜を境に、マティルダは絵画教室が終わった後もしばらくは、うちの居間で母親を待つことが多くなった。レッスンが終わると母親が迎えに来るのは、子供のマティルダではなく教師のロレンツォのほうだった。

「ちょっと近所の画廊まで、個展の相談に行ってくるから」

マティルダをうちに置いたまま、ロレンツォとマティルダの母親は連れ立って出ていったまま、なかなか戻ってこなかった。

そのうちマティルダは、絵画教室に来なくなってしまった。

ロレンツォに尋ねても、「さあ」と首を傾げるだけである。

ある日小学校の校門前で人待ち顔のマティルダを見かけ、どうしているのか尋ねると、

「他所でお絵描きがある日以外は、いつもロレンツォが迎えに来てくれるの。そのままうちに来てお絵描きを教えてくれるから、もう他へ習いに行かなくていいの」

嬉しそうに言った。

冬じゅうロレンツォはマティルダの家へ通い、絵を教えたようだった。

母親は相変わらず大急ぎで、仕事場から洒落たスーツとヒールで早めに会社を出た。駆けるのは、学校へ子供を迎えに行くためではなかった。ロレンツォが絵を教えるわが家へ、一刻も早く帰るためだった。

「悪いのだけれど、突然に会議が入ってしまって」

冬の底にかかる頃、上ずった声でマティルダの母親から何度か頼まれ、私は再びマティルダを迎えに行き、以前のようにうちで預かることがあった。

「今日は夫も出張でね。私もまだまだ終わりそうにないの。悪いけれど、今晩、お宅にマティルダを泊めてやってもらえないかしら」

濃い霧の中へまぎれ込んだ二人を、私はそのまま捜さなかった。


霧が晴れ、夏時間がやってきた。

ロレンツォは子供たちに絵を教え続け、画廊で個展を開くという話も聞かない。

学校へマティルダを迎えに行くのは、見知らぬ若い異国の女性である。

マティルダの両親が別れたことを、絵画教室に子供を迎えにきた別の母親から聞いた。

「あんなに仲がよかったのに。夫婦のことはわからないものなのねえ」

アトリエでの夕食の光景を思い出す。ロレンツォとマティルダの母親を乗せた車が、濃霧の中へ消えて行ったのを思い出す。

ロレンツォは何も言わずに、絵画教室の後片付けをしている。


学校が終わり、夏休みが始まった。

一通の封書を受け取った。ロレンツォからの、個展への招待だった。場所は、彼のアトリエである。

あのときと同じように、有志が料理やワインを持ち寄って集まる。

ジリジリとなる呼び鈴。「君たちなのかい?」。轟音を立てて、ゆっくりと開く鉄の門。

個展に並ぶ作品は、あの日と少しも変わらない。

大きな緑色の切れ長の目で、ロレンツォは芸術論をまくしたてている。

隣席に座っているのは、マティルダの母親ではなかった。学生ふうの若い女性である。二〇歳そこそこというところだろう。

鉄をロレンツォが握りこぶしで叩いてみせるたびに、彼女は陶然とした目つきで彼を見ている。

客たちはロレンツォの熱弁に適当に相槌を打ちながら、自分たちの話のほうに忙しい。

盛夏を控えて、鉄の塊は日中の暑さを内に抱え込んでいるようだ。

大きな鉄の塊が吐き出す熱で、元工場の中はじっとりと暑い。ひび割れた床から、湿った土と鉄錆の臭いが混じり合い、食卓へ立ち上ってくる。

ロレンツォは、自分の作品を小突いたり撫でたりしながら、話し続けている。

いつも同じ話。

変わり映えしない作品。

鉄のように硬直し、錆び付いた金属のように滑りが悪い。

作品と同様、ロレンツォはただ重苦しく、嵩張り、老いていて、見識者たちからは相手にしてもらえない。懸命に耳を傾けるのは、アトリエを初めて訪れた、その若い女性だけである。

これまで魅力的に見えたその大きな緑の目も、慣れてしまうと、古びた銅にこびり付いた緑青のように見える。

娘の芝居が終わったあと、黙って空ろな目を泳がせていた彼の妻を思い出す。

# 6　いにしえの薔薇

十二月七日は、ミラノの守護聖人の祭りである。その祭りを境にして、いっせいにクリスマスの飾り付けが始まる。

ふだん離れて暮らす人たちも万難を排して家へ戻り、皆が揃って家族の平穏を祝う。「クリスマスぐらいは」と、誰もが難事をしまい込み笑顔に戻る。温かい慈しみに満ちた祝典がやってくる。

心が浮き立ち、皆の軽やかな気分が町じゅうにあふれて、道を歩くと、発泡酒の泡が天に次々昇っていくような、華やかな気配を感じる。

しんしんと底冷えする。

夜露なのか霧なのか。薄く濡れた石畳が黒々と光っている。用件があって、早朝から出かけた。

広場の向こう側に路面電車が見えた。

走れば間に合う、と駆け出そうとしたとたんに足元がぐらりと揺れて、ひっくり返った。石畳にはめ込まれた石が、浮いていたのだろう。

ひっくり返ったときに、ふくらはぎあたりで紐を引きちぎるような鈍い音がした。

「筋が伸びきっていますね。絶対安静」

救急病院で診察した医師は、腫れ上がった足を少し触るとそう告げた。

這々《ほうほう》の体で帰宅する。横になっていると、大学時代にナポリで知り合った女友達が、今はミラノ市内の病院の形成外科で看護師をしているのを思い出した。

同じ町に暮らしながら、職業が異なると住む世界は離れてしまう。共通の友人が減り、自由な時間帯も興味も異なって、その友人とはたまに電話をかけ合う程度である。それでも学生時代からの縁は切れず、気兼ねがない間柄のままである。

電話をかけ、一部始終を話す。

「明日、うちにいらっしゃい。診てあげる」

電話を切る前にローザは、

「音信不通だったこの数カ月の間に、一人住まいに戻ったの」

と言った。あっさり付け加えるように告げたので、電話口で理由を尋ねるのもはばかられ、簡単に返事をしてそのまま切った。


翌日ローザの新居へ行く。

数年前まで、市営の見本市会場があった地区である。整然とした複数車線の道路の向こうに、緑の多い静かな住宅街が広がっている。老舗の名店が並ぶ通りが近くにあるが、繁華街が居住区に混じることはなく、落ち着いた雰囲気である。

ミラノ人たちが憧れる品格のある屋敷街だが、経済的に許せば住めるかというとそうでもなく、格式のある家柄があっての真の住人、という暗黙の了解があるらしい。

ローザの家がある建物は、三階建ての飾り気のない外観だった。玄関のブザーを鳴らそうとして、指先が泳ぐ。ブザーの数が三個ある。

たった三個のブザーは、顔が映るほどに磨き上げられた真鍮の板に、縦に並んでいる。名前の代わりに、花文字でイニシャルが刻まれているだけである。イニシャルに〈R〉が見当たらず、戸惑っていると、

「何か?」

門の向こうから老いた声がした。

顔を出したのは、七〇を超えたか、という年恰好の男である。

茄子紺色の詰め襟で、金ボタン付きのダブルジャケットに、濃いグレーのズボンという恰好である。制服の門番がいるような家だとは思いもよらず、どぎまぎしながら、ローザという友人宅に来た、と告げた。

「どちらのローザ様で?」

畳み込むように、門番が丁寧に尋ね返した。英国貴族の侍従を連想させるような格調高い物

腰にすっかり緊張して、ローザの名字が思い出せない。

口籠っていると門のすぐ上の窓が開いて、

「アンジェロさん、通してやってくださいな。友人です」

かしこまりました、と男は小声で承諾し、深くお辞儀をして私を中へ案内した。


玄関門の横からは鉄柵が続き、建物の建つ広い敷地をぐるりと囲んでいる。堅牢な仕上がりの鉄柵だが一本一本が微妙に異なり、風情がある。鍛冶屋が一本ずつ打ったものに違いない。門を入ると左側に、庭の一部が見えた。見事に手入れされた芝生と、鉄柵の内側に連なる薔薇の生け垣が見える。薔薇の大半の葉は落ちているものの、その木の姿から古い苗種らしいとわかる。

「イギリスのご友人からの贈り物です。三代前の当家主が生まれたときのご祝儀、と伺っています」

生け垣を見ていた私に、門番の男は背後から丁寧に説明した。

一般に、〈いにしえの薔薇〉と総称される苗種である。近年、薔薇は品種改良が盛んで、次々と華やかな新種が作られる。しかし、〈いにしえの薔薇〉は一八〇〇年代に遡り、花の姿も色も香りも、出自の新しい薔薇とは一線を画している。薔薇には虫が付きやすく、病気で枯れることも多い。歴史ある花をこうして生け垣にまで育てあげ、数世代にわたって咲かせ続ける手間は並大抵のものではないだろう。

感心して、庭の手入れもあなたが、と門番に問うと、

「一族のお花は、皆、私がお世話さしあげてまいりました」

「お花は」で一息おいてかしこまるようにして答え、そのまま黙って玄関の扉を開け、丁寧な仕草で中へと招き入れてくれた。


扉の向こうにはちょっとした空間があり、そこで外套や帽子を脱いで預けるようになっている。扉の両脇にはステンドグラスがはめ込まれていて、優しい色が床に薄く散らばり美しい。建物には三世帯が入っているというものの、ここがかつては一軒の屋敷だったことが、この玄関口の様子からうかがい知れた。

栗色の木製の外套掛けの脇には、いつの時代のものなのか、同系色の凝った手彫りの小卓があり、その上には小振りの薔薇の花があふれるように生けてある。一つ一つの花はくすんだような桃色なのに、まとまった本数になると朗らかな印象で、花のある一画がぼうっと霞んで見える。派手な現代の薔薇とは違い、控えめな香りが漂う。この季節に珍しい、と思いながら見ていると、

「裏のほうに、薔薇だけの温室もございまして」

外套を衣紋掛けに掛けながら、門番はにっこりして言った。

壁に掛けられた、何の変哲もない私の黒いコートを背にしたとたん、その薔薇たちの表情が変わったように見えた。花びらが、ひとひらずつ刺繍したようにくっきりと映えている。

「久しぶり。よく来てくれたわ。足でも悪くしなければ、人にも会えないような町なのね、ミラノは」

ローザは笑いながら入り口に車椅子まで出して、迎え入れてくれた。

髪の毛が明るめの赤茶に染まっているほかは、以前に会ったときと何ら変わりがないように見えた。

学生の頃からローザは、より年長に見せようと、わざと年増ふうの恰好をしていた。一見地味だが、素材に凝って定番ばかりを仕立てさせたりしていた。ふだんは髪をまとめて制帽の中に隠し、白衣に白い運動靴なので、職場を離れると、ハレだのケだの構わず、張り切ってお洒落をしていたことを思い出す。

目の前のローザは変わらず粋だったが、背伸びしていた着こなしに実年齢が追いついて、自然な様子が好ましかった。

美しい身繕いぶりをほめると、照れながらも嬉しそうにし、その初々しい表情は看護学校に通っていた頃と少しも変わっていないのだった。

刺々しいミラノに暮らして、ローザは疲れることがないのだろうか。

ローザの家は、玄関を入るとそこがすぐ居間で、続き間に寝室が見えている。

「一間と台所だけの家なの。広ければ広いほど、よけい一人きりになるから」

ミァオと小さく啼いて、足元を三毛猫が通る。

室内には、かなり念を入れて選んだのだろう、小作りのテーブルや椅子、鏡台、食器棚、本棚、額に入った絵があり、どれも年代ものらしかった。一つとして揃いはなかったが、どれ一つとして場違いなものもなかった。家具は丁寧に磨きあげてあり、よく見ようと顔を近づけると、上質のオイルの匂いがした。

「横になって」

振り向くと、いつの間にか居間の隅に簡易ベッドが用意してある。

ローザの衣擦れの音がわかるほど、静まり返っている。家の奥から、耳にようやく届くかどうか、低く音楽が流れてくる。

手際良く肩から腰、足へと検診し、丹念に揉みほぐしてくれる。

「香油を使うから」

こめかみから耳の後ろにかけて進むその指先からは、階下の薔薇と同じ匂いが立ち上った。

思わず目を閉じて、黒を背景に凛と映えた花を思う。

「ここの庭の薔薇から作った香油なの」

洒落たことをするものだ。足の筋を痛めたおかげで、こうして旧友と会い、薔薇に囲まれて優雅な時間を過ごすなど、昨日、地面に倒れて呻いていたときには想像もしなかった。

治療を終えるとローザは手際良く簡易ベッドを畳み、居間の隅に片付けて、台所にお茶を用意しにいった。

建物の二階にあるこの部屋には、居間に窓はあるものの、午前中のこの時間でも薄暗い。おまけに建物の前には、樹齢数世紀はあろうかという大木の並木道があり、幾重にもなった枝のせいで木漏れ陽すら地面に届かない。

外からの目を気にしてか、ただでさえ暗い居間に、さらにローザはレースのカーテンを掛けている。しかしレースは真っ白ではなく生成りで、それが暗い室内を上品に見せている。

「お待ちどおさま。鬱陶しいでしょ、でもあまり明るすぎるのも落ち着かないものよ」

ローザはお茶のセットを載せた銀製の盆を置き、食卓であり、居間のテーブルでもある円卓の上の小さなスタンドの紐を引いた。

橙色の小さな灯りが点くと、部屋はかえって暗くなったような気がした。

「突然、出ていったの。夜勤から戻ったら、あちらの分の荷物だけがきれいになくなっていて」

長年、同居していたのは、彼女が看護学校を出てミラノで最初に勤務した病院の同僚だった。

互いに若く、同じ勤務先で、趣味は音楽に旅行、と共通点が多かった。違っていたのは、彼が医師で妻帯者であり、ローザは看護師で独身だったことである。

二人の関係を知る人は少なかった。二人が密会していたのは、ローザの家だった。

南部から移ってきた人たちが集まる地区がある。すでにミラノに住む親族や知人を頼って後続の人たちも近くに住もうとするから、そのような一画ができたのだろうか。学校を出るとすぐ、ローザも同郷の伝手を辿って、その地区に住むある家庭に間借りしていた。地区に一歩入ると故郷と同じ空気が流れていて、安心したからである。

そのうち仕事にも町にも慣れ、ローザは同じ地区の外れに小さな賃貸を見つけて、独立した。一人暮らしを始める、というのは建前で、本当の理由は、人目を忍んで恋人と落ち合うためだった。

気の利いたバールの一軒もないうらぶれた場所だったが、ローザは建物のすぐ前にバス停があるのを見て即決した。エレベーターなしの古びたアパートに、大病院の医師がバスを乗り換えてやってくるなど、誰も想像しないだろう。

二人はひっそりと、禁じられた極上の時間を楽しんだ。青年医師も新米看護師も揃って、年を重ねた。中年になった医師と本妻との間にはいつしか四人の子供も生まれていたが、ローザは自宅に医師を迎え入れる生活を変えたいとは思わなかった。日常から非現実的な情景を繰り返す暮らしには、ぞくりとする緊張感があったからである。

ある日スイスの病院から、医師に大抜擢の知らせが届く。

「若い頃から優秀だったので、当然の結果よ」

五〇を目前に、彼は外科の主任として名門病院に招聘された。

しばらく前から医師は、ローザと別れるきっかけを探していたのかもしれない。赴任が決まっても、ローザに意見や気持ちを尋ねることはなかった。

ローザは去っていった恋人には何も訊かず、追わず、一人で静かに運命を悲しんだ。

荷物が半分に減った家は、ひどくがらんとしていた。猫を飼った。それでも、空いた穴は埋まらなかった。

「早期退職を募集していたので、病院を辞めたの。患者の家まで出張して、治療をすることにしたのよ」

町の外れにある不便な南部人街に住む意味は、もうなかった。若い頃からの熱情と欲情が隅々までに染み込んだ家に、一人残って暮らし続ける気力もなかった。

「町の中心に家を探さなくては、と思っていた矢先だった」

ローザの頬が、ほんのり赤らんだ。

「ある晩、ブザーが短く三度、鳴ったの」

彼だった。階段を上がる前にブザーを三度鳴らす。それが、長年の二人の合図だった。何も言わずにスイスに家族を連れて引っ越してしまってから、まだふた月と経っていなかった。灯りを点けないで、と医師は玄関の向こうで低く乞い、ローザがドアをそっと開けると、隙間から身体を滑り込ませるようにして入ってきた。

ただいま、と言ったか言わなかったか。

強く抱きしめられた瞬間に、沈むような深い香りが漂った。

私はその光景を想像し、軽く目眩を覚えてこめかみを押さえながら、はっとした。

「そう、その香り」

出世した恋人の実家は、ミラノでは有数の名家である。

代々、法曹界に逸材を輩出してきた一族だ。実家には、裁判長まで務めた、彼の老母が一人で暮らしていた。

実家は、広い庭園を持つ屋敷である。使っていない部屋がいくつもある。妹二人は海外に住み、休みのとき以外は戻ってこない。そこへ店子として引っ越してくる気はないか。

「彼はそう言ったかと思うと私の足元にひざまずき頭を床につけて、『お願いだから、承諾してくれ』と頼んだの」

間もなくローザは、一族の屋敷へ引っ越した。老いた元裁判長である、恋人の母親が住む家へ。ローザが借りた部屋は二階で、それはちょうど、彼の母親の住む一階の洗濯部屋の上だった。かつて一族が大人数で建物に暮らした頃、住み込みの使用人らにあてがわれた部屋の一つだった。

ローザが引っ越してきた日、その部屋の入り口には摘みたての薔薇の花束が置いてあった。

〈この家のお花はすべて、私が心を込めてお世話いたしております〉

添えられたカードには、几帳面な字でそう書いてあった。

ローザの恋人は老いた母親に会うために、空いた時間を見つけては頻繁にスイスからミラノに戻ってくる。多忙をきわめるのに、とその親を思う彼の優しさに周囲は感心した。

ローザは日の当たらない部屋で、門が開く音をじっと待っている。

ブザーで合図をする必要は、もうなかった。門番が訪問先を問わずに鉄の柵を開けるときは、一族の身内が訪ねてくるときだからだった。

しかし、もうろくが進んだ老女を訪ねる身内など、もういない。

やって来る身内はただ一人、息子だけなのである。

もはや息子の顔もよくわからなくなっている母親が、正気を取り戻したような顔をする瞬間がある。門番が、薔薇を生けた花瓶をその居間に置くときである。

この家に嫁いでからずっと、彼女にもその娘たちにも、門番は欠かさず庭から薔薇を摘んでは、各部屋へ飾った。旬が終わって庭先から花が消えてしまうと温室から見ごろの花を選び、室内に薔薇が途絶えることはなかった。

「それでこの家の女性たちは、いつもほのかに薔薇の香りがするようになったの」

薔薇に囲まれて暮らす老母を訪ねた息子は、母の寝息を確かめてから、薔薇の香りを纏ったまま、二階の扉を静かにノックする。

音もなく開く扉。

玄関から入るとすぐにそこは照明を落とした居間であり、そして寝室でもある。街灯を受けた並木の枝が、生成りのレースに入り乱れた影を落としている。深夜の屋敷街は、静まりかえっている。聞こえるのは、ローザの衣擦れの音だけである。

門番からはこの部屋にも階下と同じように、薔薇の花束が届けられている。

たった一間の室内は、衣擦れの音がしたあと間もなく、地味ながら品のある香りで満たされるのだった。

暗闇の一隅で、〈いにしえの薔薇〉が生けてあるあたりは、古めかしい外見ながらも柔らかく光って見えるのだろうか。玄関で見た花たちのように。

スイスの家に戻ると医師はいつものとおり、妻と四人の子供たちを順々に抱きしめて挨拶する。

「うわぁパパ、おばあちゃんと同じ匂いがする」

子供たちは顔を父親の胸にすりつけるようにして息を吸い込み、ミラノを懐かしがる。

「お疲れさまでした」

夫にそっと頰を寄せて挨拶する妻の耳たぶの後ろからは、沈んだ印象深い香りがほんのりと漂う。彼が、庭の薔薇から作らせて、妻に贈った香油の香りである。

門番のアンジェロからの土産を妻に渡す。くすんだ桃色の、古い苗種の薔薇の花束である。

「地味な花だが、硬い棘があるから気をつけろよ」

妻も子供も気がつかない。

ミラノから戻る彼のこめかみにも、そして全身に、吐く息にも、妻と同じ薔薇の香りが深く、甘く染み込んでいることを。

# 7 結局、逃れられない

ある土曜日に女友達と昼食を共にして、さてコーヒー、というときになった。ふと、そろそろジュゼッペとの結婚は考えているのか、と彼女に尋ねてみた。

するとセレーナは、またその話なのか、という顔でコーヒーカップを受け皿に戻し、一拍置いてから、

「でも一度ぐらいはいいのかもね、結婚してみるのも」

顔つきとは逆のことを言い、照れ隠しのように笑った。

初めて彼女と会ったのは、あるカメラマンの家だった。もう二〇年ほど前になる。広告業界で名の売れた腕利きであり、セレーナはそこへ見習いとしてやってきたばかり、という紹介だった。

長身で、明るい栗色の髪を無造作に束ね、イタリア人には珍しい灰色がかった水色の瞳が印象的な、美しい女性だった。まだ二〇歳そこそこという若さで、子鹿がそのまま女性になったような、無垢でしなやかな様子だった。

紹介を受けるまではカメラマンの隣に座るセレーナのことを、モデルなのだろう、と思って

いた。一言も話さず、しかし臆しているふうでもない。皆の話を聴いているようで、ときどき好奇心に満ちた目を窓の外に泳がせている。

ミラノの美術専門学校を中退してニューヨークへ渡り、数年暮らして帰国したばかり、と、黙ったままのセレーナに代わりカメラマンが皆に身上を紹介した。

「絵も中途半端、英語も身に付かなかったし、たいした恋愛もしていないらしい」

カメラマンはからかうような調子で、新米弟子の身辺を付け加えた。気難しい彼は、過去に助手を雇ったことがなかった。雑用から仕事の補佐までの一切は、妻に任せてきた。そういう頑なな人が、見習いにしろ他人を仕事場に入れたというのには、彼女に相当の思い入れがあるからに違いなかった。

あらためてセレーナを見ると、どこにでもあるような生成りのシャツを第二ボタンまで開けて無造作に着ているのだが、それは綿ではなく野蚕のシルクなのだった。

「美しい写真を撮るためには、現場も美しくなくてはね」

カメラマンは私の視線に気づいたようにそう言い、笑った。

それからほどなく、近所に引っ越してきた、と彼女から連絡をもらい、さっそく新居を訪ねた。

運河沿いに建つ、古い集合住宅だった。

建物の内側には中庭があり、中庭を見下ろすように各階に回廊がついている。各戸には、回廊伝いに入るようになっている。隣家の前の廊下を通って自分の家に入り、それより先にある家の住人たちが自分の玄関前を往来する。扉一枚だけの簡素な玄関なので、内にも外にも音と気配は筒抜けだ。長い廊下沿いの、長方形の空間をカステラを切るように、壁で間仕切りしてできた小さな住戸が並んでいる。たしかに一軒ごとに独立した住戸ではあるものの、近所の内情が丸わかりの、いわば長屋のような集合住宅だった。

「父が投資のために買ったものなの」

五〇平米ほどのこぢんまりしたアパートだった。

小さいように見えて、凝った造りになっている。

セレーナの家は回廊の一番奥にあり、玄関前を往来する隣人はいない。ガラス戸になった玄関扉から、木漏れ日のような光が室内に射し込んでいる。玄関を入るとそこは、台所の付いた居間になっている。正面奥に鉄製の傾斜の険しいらせん階段があり、窓のない屋根裏へと通じている。寝室は、居間の奥に小さな浴室と並んであった。

数百年前に遡る建物だが、居心地が良いのは、セレーナの父親が使い勝手を熟考して改装したからだろう。

投資で購入した、と父親は説明したかもしれないが、それはニューヨークから戻ってきた娘のために、わざわざ用意した家に違いないのだった。

隅々まで配慮の行き届いた改装を見て、娘をそばに置いておきたい父親の気持ちを思う。

「父親とはいえ、大家ですからね。毎月、きちんと家賃を払っているのよ。そのうち稼いで、買い取るつもり」

家をほめると、セレーナは負けん気の強い口調で答えた。

そもそも学校を中退してアメリカに渡ったのは、父親との確執のせい、とセレーナは話した。

彼女の父親は自ら興した工作機械の製造業で成功を収め、一代でそれなりの資産と名声を手にした。他の創業者たちと同様、独創的で意志が強く、有言実行。自分以外は信じない、というモットーは立身出世を助けたが、仕事以外の人間関係を全壊させた。

現役をそろそろ引退する頃になって、手元に残ったのは会社と投資で手に入れたいくつかの不動産、それに妻と娘だけだった。事業は自分の代で閉業するつもりでいる。他人に任せて、一生かけて築いたものを台無しにされるかもしれないのは、我慢ならないからだった。

厳しい事業家だった父親は唯我独尊な老人へと変わり、セレーナは家を飛び出した。

母親は女ばかり六人姉妹の長女だったので、一徹で強いセレーナの父親を心から敬愛している。一人娘のセレーナが学校を辞めるときも、外国へ行くときも、

「お父さんに相談して決めなさい」

と言うだけで、他に何も言わなかった。

父親は激怒し、そっぽを向いたまま口をきいてくれなかった。

こっそりとニューヨークの居候先を見つけてくれたのは、母親である。ミラノに戻ったセレーナのために、カメラマンと話をつけたのも母親だった。

セレーナは、母親が父親から指示を受けてあれこれと身の回りの手配をしてくれたことを、もちろん承知している。

「だから、なおさら悔しいのよ」

父親から遠ざかるためにに渡ったニューヨークでセレーナが知ったのは、一人では何もできない、という厳しく悲しい現状だった。

幼い頃から人目を惹く容姿に恵まれ、親だけでなく周囲も彼女を姫のように扱った。自ら努力をしようとする間もなく、いつも他人が世話をしてくれた。気がつくと秀逸なものや人に囲まれた暮らしで、セレーナは自分も一流であるような錯覚に陥った。学校の成績で一喜一憂するなど、無意味なことのように思えた。

異国で一人暮らしをする、というのは見せかけの決意にすぎず、結局は親の力を借りて、長期休暇を楽しんできたようなものである。さらに帰国したら、羨望の的になるような家までが用意してあった。

「つまり、学校を中退したときから、私には何も進歩がないというわけ」

洒落た室内を見回しながら、自嘲気味にセレーナはため息をついた。

昔話を聞いているうちにすっかり遅くなり、夕食を食べていくよう誘われた。

台所に立ったセレーナは、洗っただけで皮もむかずに野菜を大皿へ並べ、アルミホイルにジャガイモを包んでオーブンに放り込んだ。どうやら料理も得意でないらしい。

彼女の雑な手つきをぼんやり見ていると、チャオ、と背後で小さな声がして男が入ってきた。

「マーティンです」

ハンチング帽を取り、コートを脱ぎ、流れるような一連の動作の延長線上で手を伸ばし、そっと握手した。ひんやりとした細い手だった。

セレーナは流し台から振り返りマーティンをちらりと見やり、チャオ、と同様に小さな声で素っ気なく返しただけだった。彼はごく自然に奥へ入り室内用の靴に履き替えてきたのを見ると、二人はその家で共に暮らしているのに違いない。イタリアの若い恋人どうしが、触れ合いもせずに帰宅の挨拶を交わす光景は、淡白というよりは寒々しく、奇異に映った。

用意が整った食卓は、あたかも青果店の軒先のようだった。

「ジェノヴァの生まれで魚臭い町に辟易し、魚介類も食べない」

ワインを手酌で注ぎ、フォカッチャと生野菜をかじるマーティンは、無口な菜食主義者なのだった。

セレーナをニューヨークまで追いかけていき、休暇と旅費を使い尽くしてミラノに帰っていったマーティンを、今度はセレーナが追いかけて、二人の今があるらしかった。

言葉数の少ないマーティンに合わせるように、私たちは黙々と食事を済ませた。

生野菜ばかりを食べ続けたその夕食の光景は、マーティンの不機嫌そうな様子とともに長らく私の記憶に残った。

四〇を過ぎた彼は、昔から映画監督になるのが夢だったらしい。大衆映画は嫌。広告も駄目。難解な短編映画にしか興味がない。英国人の母親を持ち、イタリアふうに〈マルティーノ〉と呼ばれるのをひどく嫌がった。

「身体が内側から汚れるから」と、チーズも卵も魚も食べない徹底した菜食主義と無愛想な彼の性格のせいで、次第にセレーナの友人たちは二人を遠巻きにするようになった。

ときおり彼らの家を訪ねると、たいていマーティンは家にいて、黙ってソファーで画集を繰っていたり、大音量でブルースを聴いたりしているのだった。

監督業は、封印されたまま夢から先へは進まないようだった。ときどきテレビ局で簡単な編集作業を手がけることはあるが、実際のところ彼には抜きん出た才能はなく、よって定職も付き合いもないらしかった。

頑な性格で、他人との接触を疎んじ、気づくと己すら見失っている。手元に残っているのは、セレーナだけ。

私はマーティンを知るにつけ、セレーナの父親が重なって見えるように思った。

二人は結局、一〇年もその家で暮らし、そしてある朝、突然に別れてしまった。

「彼は、朝が来ると『つまらない一日がまた始まる』と言い、夜になると『これでまた一日、人生の最期に近づいた』と、毎日繰り返したの」

ある朝セレーナはコーヒーを淹れる代わりに、昼の準備だと言って、威勢よく牛の臓物を炒め始めた。

マーティンは、黙って家を出ていき、そのまま二度と戻ってこなかった。


それからしばらくセレーナは、一〇年の間に冷えきってしまった体温を取り戻すかのように、次々と新しい相手を見つけては別れることを繰り返していた。魅力的な彼女のほうから近づくと、男たちはどんな立場にあろうが、セレーナのもとへ転がるようにやってきた。苦労せずにものごとを手にするのに、セレーナは幼い頃から慣れている。最初の情欲が冷めて関係が落ち着いたものになりかけると、セレーナにとってはもう興味がなかった。

妻帯者との火遊びが続き、敵が増え、頻繁に陰口を耳にするようになった頃、セレーナはジュゼッペと出会ったのである。

ジュゼッペとは、初対面ではなかった。昔、彼女が中退した学校で、コンピューターグラフィックを教えていたことがある。

彼女が学校に通っていた頃、ジュゼッペは着任したての新米教師で、年の差のない生徒たちからは教師としては真面目に取り合ってもらえなかったが、兄貴分として慕われて人気があった。

ジュゼッペは、北の山村の出身である。強い訛があり、度の強い黒ぶちの眼鏡をかけたぱっとしない風貌だったが、それが逆に親近感を与えたのかもしれない。

学生時代、セレーナは泥臭いジュゼッペのどこに人気があるのかわからず、そのうち中退してしまったので、そんな教師がいたことなどすっかり忘れてしまっていた。

ジュゼッペのほうは、違った。

灰色がかった水色の瞳のセレーナは、どこを見ているのかわからないような生徒だった。取り巻きは多いのに、嬉しそうな顔をしているのを見たことがない。自分の美しさを持て余しているような、気怠い気配の漂う彼女が気になった。裕福な家の一人娘らしい、と聞き、次に噂を耳にしたのは、彼女が学校を辞めてアメリカへ渡ったあとだった。

卒業後も交流のある教え子たちから、ミラノに戻ってからのセレーナの様子はときどき聞いていた。気難しい映画監督との同棲を知り、いかにもミラノの女性らしいな、とジュゼッペは
セレーナの住む世界と自分との距離を感じた。

ニューヨークで絵の勉強を極めるでもなく、陰気で気難しい男と同棲していたかと思うと別れ、時と身を浪費する娘を心配して、父親はホームページ制作の仕事を融通してきた。これなら娘の絵心を刺激し技も身に付くだろう、との配慮からである。

セレーナの父親から「コンピューターグラフィックを手ほどきしてやってくれないか」と頼まれて、ジュゼッペは打ち合わせに出かけていき、久しぶりに彼女と再会した。

自由奔放な暮らしぶりが評判だったセレーナは、中年を目前にした寂しげな女性へと変わっていた。昔ジュゼッペが見惚れた、あの澄みきった瞳は、厚い氷の張る鈍色の湖のように見えた。

久しぶり、とジュゼッペが挨拶しても、セレーナには彼が誰なのかわからなかった。

「強い訛を聞くうちに、あの冴えない新米教師か、と思い出して」

セレーナは、ジュゼッペとの再会を振り返り、笑う。

長い時間をかけて、ホームページはできあがった。

そしてそのとき、湖の氷も溶けた。

ジュゼッペは、セレーナの家で暮らし始めることになった。

毎日、ジュゼッペは授業を終えると昼食をとるのももどかしげに、近所の仲の良い自転車店に飛んでいく。店に運び込まれる中古自転車を解体しては組み立てて、夕食までの時間を過ごす。修理し終えると、売りに出す前にジュゼッペが試乗で運河沿いを走る。乗り心地が良いと、ペダルを踏みながら歌ったりする。低く太い声で、故郷の民謡を方言で歌う。運河沿いの長屋には、ジュゼッペが住むようになって以来、回廊から回廊へ、中庭から上階へ、山びこのように明るい気配が伝わるようになった。

前の恋人は、日陰に力なく生える草のようだった。ところが現恋人は、日向を駆け回る機嫌のよい犬のようである。

「そろそろジュゼッペと結婚したら？」

セレーナのこれまでを知る周囲は、異口同音に勧めた。


晴れて、結婚。

いつも上機嫌の娘婿は、父親のお気に入りである。

眉間に皺を寄せ、無口で、ときおり口を開くと小難しい映画の話しかしなかったマーティン。

一瞥されると身が切られるような、冷たく鋭い目つきの男だった。

父親はマーティンに、自分自身を見るような気がしたのかもしれない。

ところが娘婿はどうだ。

「田舎者なので、僕には何もわからないのです」

闊達に笑い、不恰好な手巻きの煙草を差し出すかと思うと、釣ってきたばかりの魚を家に届けたりする。誰とも仲が良く、でも誰にも指図しない。食卓では、皿まで食うのではないか、という大食漢である。そして、飲む。いい奴だ、と父親は安堵した。


「でも、本当に好きなのかどうなのか、実はまだよくわからないの」

結婚してまだ間もないセレーナがぽつりと言い、私は驚いた。

式の直前に、セレーナはマーティンと会ったのだという。

別の相手と結婚するというのに、家にはまだ彼の本やレコードがそのままになっていて、引き取ってもらうために呼んだのである。

「理由は何でもよかったの。ただ会いたかったのかもしれない」

あの朝以来ずっと、心の中には悔しさや切なさが渦巻くままだった。薄く笑い小さな声で挨拶をするマーティンを見たとたん、セレーナは我を失ってしまった。

「もう一人の自分が、抜け殻に戻ってきたような感じだったのよ」

そのときマーティンがセレーナの家から持ち去ったのは、本とレコードだけではないらしかった。


セレーナは、いったい何を探しているのだろう。

善人ジュゼッペとの新婚生活は、春の日射しのようにうららかに見える。

親も容姿も、時が経てば失ってしまう。そして、人生の厳しい冬がやってくる。セレーナを冬の一人旅から救ってくれたのが、ジュゼッペではなかったのか。

「ジュゼッペはあまりに善い人で、大きすぎる寝間着の中にいるような気分になるの」

セレーナは、自分にぴたりとした抜け殻の感触が忘れられないのだろうか。成長したからこそ、あの殻を脱ぎ捨てたはずだろう。

「でもね、ぎゅっと身を縮めると、幼かった頃に戻れるような気がするでしょう?」

四〇を目前にしたセレーナは、カメラマンの家で初めて会ったときのように、遠くに目を泳がせて呟くのだった。


二人は結婚してからしばらく、家に人を招待しなかった。「蜜月なのだし」と、周囲もさほど気に留めてはいなかった。

私はそれでもやはり〈抜け殻〉のことが気になり、セレーナに会いにいった。

いらっしゃい、と迎え出たのは、セレーナでもジュゼッペでもなかった。

若い男である。

肩の下まで届くような長髪で、穴だらけのデニムのシャツを着ている。二〇代前半、というところか。どこかで見た顔だった。

「ティノです」

自己紹介しながら、男はギターを弾く恰好をしてみせた。

二人の結婚式のとき、余興で出たバンドのメンバーだと思い出す。

「その節は、どうもお世話になりまして」

若い男は、新郎新婦の身内のような口のきき方をした。

二人ともすぐに戻るので、と私を室内へ通し、手慣れた様子でエスプレッソマシーンを水切り棚から取って、

「コーヒー？　それともお茶？」

馴れ馴れしい口ぶりで尋ねるのだった。そして、冷蔵庫を開けて牛乳まで出すのである。いくら親しくても、家主の留守宅である。台所や冷蔵庫を自在に使うなど、非礼に過ぎる。困惑して黙っているところへ、セレーナが戻ってきた。

「助かるわ。よく気が回って、感心ね」

幼子をほめるように甘い声で言い、セレーナはティノに両手を回して抱きしめ、頰をすり寄せて挨拶したのである。

ティノは、長身のセレーナを超える堂々とした体軀である。目の前で他人どうしの大人二人が抱き合って、私は目のやり場に困る違和感を覚えた。

昔マーティンが帰宅したとき、二〇代の大恋愛中だったというのに、セレーナは恋人に指一本触れることなく、淡々と目だけで挨拶していたのを思い出す。

ティノがコーヒーの用意をしている間、セレーナはひっきりなしに外で目にしたこと、会った人、聴いた音楽、美味しそうな新しいパン屋のことを上機嫌でしゃべっている。

それほど饒舌な彼女を見たことがなく、意外だった。しかしそのうち、セレーナが熱心に話をしている相手がティノだけであるのに気がついた。

二人は、私がいることを忘れてしまったかのように、流し台に寄りかかっては相手の頰を指で摘むようにしたり、顔にかかる髪の毛をあげてやったりしながら、しゃべっている。

回廊の向こうから、歌声が聞こえてきた。

ジュゼッペだ。

二人ははっとして、雑談を中断した。やはりやましいことでもあるのか、と私は二人の様子をうかがい見る。

セレーナとティノは嬉々として揃って玄関に駆け寄り、ガラス戸を開け、大仰に両手を広げてジュゼッペを迎えたのだった。

玄関口で抱き合い騒ぐ三人を見て、田舎芝居を見せつけられているようで白々とし、蚊帳の外に置かれた気分になる。

「そういうわけでして」

ジュゼッペが、嬉しそうに私に言う。

「ティノは、僕たちの子供のような、友達のような、弟のようなものなんです」

ティノは茶を飲む間も、巧みに口調や言葉遣いを使い分けた。突然、小学生のように甘えてセレーナの胸に顔を押し付けたかと思うと、次の瞬間にはジュゼッペに向かって、来春の選挙について難解な意見を述べたりする。「こんなレコードを見つけたのだけれど」とクラシックの名盤を鞄から取り出したすぐあとに、鼻歌で陳腐な自作の曲を聴かせたりする。そして、何か気に障ることでもあったのか、突然ぷいと黙ってしまい窓から中庭を眺めたきり、しばらく腕を組んだまま動かなくなったりした。

穴だらけのシャツに気を取られて気がつかなかったが、よく見ると鼻筋が通り、瞳は甘く、細くて長い指で髪をかき上げたりする様子は、さながら童話から抜け出た王子のようだ。

頭の回転が速く、しかし気分屋な美しい若い男。

ギタリストといっても、プロではない。特技がないので、定職はない。ときどきピアノバーへ呼ばれて、楽譜めくりをしたりする程度である。

誰かが脱ぎ置いていった殻を、この若い男が拾ったのだろうか。


「無理することはないわ」

結婚式で演奏したあと、ティノが家賃を払えず困っていたのを知り、セレーナは自宅の屋根裏を与えた。本もCDもなくなって、空っぽになっていた部屋だった。

一晩だけの予定が一週間となり、そして数カ月が経ち、二人の新婚生活は、三人の結婚生活へと変容した。


セレーナは、何を探しているのだろう。

# 8　守りたいもの

車窓からの眺めは、一枚の絵だ。

ヴェローナに向かっている。長かった冬が終わり、空が明るくなったと思ったら、木の枝先が丸くぼやけたように見える。数日もすれば、裸で立ち尽くしている木々も、いっせいに柔らかい緑で覆われるのだろう。

ヴェローナまでは、電車で一時間半ほどである。

ミラノ中央駅の喧噪から電車が滑り出し、十数分ほど町中を走ると、もう郊外へ抜け出る。いくつかの小さな駅を飛ばすうちに、電車の周囲にはいつの間にか雑木林や畑が広がり、素朴な田舎の家並みや小径が近づいてきては、あっという間に後方へ飛んでいく。

さほどの距離ではないのに、林を抜け、畑の中を通り、湖を越えていくにつれ、窓からの景色は次々と変容し、空模様もそれに合わせるかのように刻々と変わっていく。ミラノの雨は湖で春の日差しへと変わり、ヴェローナを目前に白雲が青空に浮かぶ、という調子である。

イタリアに来て間もない頃、ヴェローナ近郊の町出身の記者と知り合った。彼は国際政治が専門で、一年の大半を海外で過ごしていた。帰国しても、新聞社の本社があるローマに数日いるかどうかという多忙さで、子供がいないこともあり、彼の妻は自分たちの故郷であるヴェローナ近くの町とローマを行ったり来たりして暮らしていた。

あるとき記者の故郷に呼ばれたことがある。そこで、私と同年輩のリンダという女性を紹介された。

リンダは、記者夫婦の遠縁だった。遠縁といっても、徒歩で一周できるほどの小さな町のことである。年中行事や祝祭ごとに親族一同は集まり、祝宴を囲む。別々の家に分かれて暮らす大家族のようなものなのだった。

「幼い頃から、年の離れた妹のようにして可愛がってきたの」

記者の妻は愛おしそうな顔で、リンダを紹介した。

彼女も食事に招待したのは、記者夫妻との食卓で私がむやみに気を遣ったり退屈したりしないように、という配慮によるものらしかった。

「夫だけとだと、バグダッドの話ばかりになってしまうもの。あなたたちがいてくれると、私も息抜きができて助かるわ」

と、記者夫人は笑った。

同年輩どうしのリンダと私は、その食事を機に親しく付き合うようになった。

大学を卒業後彼女はローマで映像の勉強をし、現在は地元に戻って記録映画を撮っている。

フリーランスで監督が本職だが、企画から脚本、資金繰りに撮影、編集も手がける多才な女性だ。

ローマ時代まだ二〇代だった彼女には、彼の地での甘い生活の思い出がいくつかはあるようだった。

なぜ映画のメッカであるローマでの暮らしを畳み、仕事の機会には縁遠い郷里に戻ってきたのか。

「やっぱりローマはローマ、よねえ。本当に楽しかったわ」

リンダは懐かしそうにそう言うだけで、ローマ時代のことをそれ以上は話そうとしなかった。

知り合ったときには、もう若さが売り物というような年ではなかったが、それでもボリュームのある髪を腰まで伸ばし、耳の脇から一摘み分を掬い上げ三つ編みにして後ろへ回し、波打つ髪を散らないように押さえていた。

その今どきでないヘアスタイルが、いかにも地方の小さな町の人、という印象だった。

そう思ってあらためて洋服や靴を見てみると、どれも上質の素材なものの、ダブルボタンのジャケットやタック入りのパンツスーツだったりした。借り物の紳士服のようで、かっちりとしすぎて垢抜けない印象を与えていた。

彼女は職業を問われると必ず、

「映像アーティスト」

と、誇らしげに自己紹介した。地元では、通りがいい肩書きなのだろうか。

本当の芸術家は自分のことを〈アーティスト〉などと名乗ったりしないのではないか、と、あるとき私はリンダに言ってみたことがある。

自称〈アーティスト〉は、巷に無数にいる。そういう人たちが創ったものは総じて、自分で身分を宣言しない限りは誰にも通じないものだ。

ところがリンダの撮る映像は、現実を冷静に捉えながらほどよく叙情的だった。飾らず、だからこそ芯のある作風だ。あえて自称する必要などなかった。

「イタリアではね、映像でも文章でも端的に過ぎる作品は評価されないものなのよ。重厚に、濃密に、複雑に。過剰なほどの修辞と伏線を織り込まないと、ただの凡作扱いされるだけ」

リンダは、これもその飾りの一つ、と苦笑いしながら、重そうに長い髪を両手で持ち上げて見せるのだった。

アディジェ川流域にあるヴェローナ近郊には、豊潤な農地が広がっている。古くから陸路と水路の交差点の役割を担い、政治や経済、文化の拠点としての豊かな歴史と財力を持つ。

歴史上、長らくヴェネツィア共和国やフランスの支配下に置かれ、町並みには各時代の統治者の名残がうかがい知れる。しかし住人からは、他所者に呑み込まれてなるものか、という街の要を守ろうとする気構えが今でもひしひしと知れる。

時のヴェローナの統治者たちは、すなわち欧州世界を制する者でもあった。頂に立つ権力と底知れぬ金力から町が得たものは、支配されて栄える屈折感とそこから生まれた芸術だった。

町はあちこちに、各時代の傷跡と教養を凝縮し抱えている。

広場や通りはもちろんのこと、道にはめ込まれた石や建物の軒下を走る雨樋、玄関門やその鍵穴にまで、念入りに時の権力の跡が残されている。

路地から表通りに抜け、建物に入り、家を訪ねる。

そういう当たり前のことでも、まるで舞台の上の一場面のように映る。歩くうちに、町の魔力に酔いしれる。歴史の濃さと奥行きに圧倒される。

町はこぢんまりとしているが狭苦しい印象はなく、鷹揚とした空気が流れている。親しみやすいようでいて、しかし気さくには近づけない。柔らかな表面に触れると、すぐその下に硬い芯があるのに気がつく。

世界中から観光客が訪れるが、所詮、一過性の旅人に過ぎない。

町の肝心を摑むのは難しい。


知り合った頃リンダも私もまだ三〇代で、二人とも勤め先を持たず、自由になる時間は潤沢にあった。思いついては電車に飛び乗りヴェローナで落ち合ったり、気が向くとミラノで昼食を共にしたりした。互いの友人や情報を交換しては共有し、長期の休暇などにも連れ立って出かけたりした。そういう往来を続けて何年か経っても、リンダは相変わらず一昔前のデザインのジャケットに長い髪のままで、野暮ったい生真面目さを崩しはしなかった。

斬新さや俊英さという印象からはほど遠かったが、リンダはその外見のとおり、地味ながら頑固で賢明な女性だった。浮遊し変容し続けるのが一種、存在証明のような映像芸術の業界では、かなり異色に違いない。

「見せたいものがあるから、これからヴェローナで待ち合わせしない？」

久しぶりにリンダから呼び出されて、電車に乗ったのである。


ミラノとヴェローナ間の電車は、遅れることがほとんどない。

いつも駅までリンダが車で迎えにきてくれる。

駅前広場は小さく、車を停めたまま人待ちすることができない。それに、そもそもリンダはいい加減なことが嫌いである。

「たとえ乗車したままでも、ロータリー内での駐車は迷惑でしょ」

彼女は、電車がプラットフォームに着き私が駅の外まで出てくるのにかかる分数までも見越して、時間ぴったりにやってくる。私が車寄せへ着くのと、彼女が車から降りてドアを開けて招き入れるのと、ほぼ同時だ。こちらの歩幅と歩数まで計算したのか、と以前からかったら、
そうだ、と真顔でリンダは答えた。

今日も電車は定刻どおりに着き、私はいつもと同じ歩調で駅前に出た。

リンダはまだいない。

これまで彼女は、一度も遅れたことがなかった。電車の到着時刻より早めに駅に着くように来て、待ち時間があり過ぎるときは駅前の道まで戻って引き返すのを繰り返したり、ロータリー内をぐるぐると回りながら待つようにしているからだった。

彼女の姿が見えないのを心配するより、私は少し安堵した。

リンダも人間。時間を読み間違えることもあるのだ。

一人で笑っていると、先ほどから目の前に停まっていた車が、ププと軽くクラクションを鳴らした。

ふと見ると、中からサングラスをかけた運転手が私に向かって大きく手招きしている。

白タクか。

無視していると、

「早く乗って。一時停車も違反なんだから」

思い切り断髪したリンダがそこにいた。

あと少しで春。町なかの広場に、青空市場が立っている。五、六分もあれば一周できるほどの広場に並ぶ露店は、どれも凝った店構えをしている。時代を経た陳列ケースや手書きの看板は、絵本の中のおとぎの国を見るようだ。

広場を前に、建物がなだらかな曲線を描きながら建ち並んでいる。

今日は日差しも穏やかで、バールやレストランがいっせいに店の前にテーブルを並べている。

私たちもその一隅に座り、お茶を注文した。

「結婚することにしたの」

座るなりリンダは、わざと大げさに芝居がかった様子で短くなった襟足を示してから、テーブルの上に両手をそっと置いた。

左の薬指に、貴石をはめた指輪があった。金を台にして凝った造りだったが、新しいものではない。

「指輪は、ミーロのお母さんのもの」

と、リンダは嬉しそうに左手を少し上げて見せてくれる。

しかしその母親はもちろん、ミーロも私は知らない。

これだけ親しいのに、指輪を受け取るような相手がいることをなぜ教えてくれなかったのか。

「だって私の肝心なことだもの。簡単に他人には明かせないわ」

水臭さに拗ねた私に、リンダは平然と応えた。

広場に来たのは、その店でミーロが働いているからだった。

老舗のカフェとして知られ、日が暮れるとともにピアノバーへと変わり、そのまま店は上級の料理で有名なレストランとして客を迎える。彼はそこでピアノを演奏しながら歌を歌っている、という。

夕刻、ミーロがやってきた。中肉中背で、度の強い眼鏡をかけている。それ以外にこれといった特徴のない、もの静かで真面目そうな男性だった。リンダとは高校時代の級友だったらしい。

出勤前に髭を剃ってきたばかりなのだろう。つるりとした肌は上気して少し赤らみ、演奏を前にした気構えと緊張が見える。

ミーロは勤め人が持つような黒い革の手提げ鞄を開くと、一通の封書を取り出し私に手渡した。

生成り色のしっかりと張りと厚みのある紙で、表面にうっすらと凹凸があり、受け取ると指先にざらりと存在感があった。

「ごく内輪の式なのだけれど」

招待状には、六月の日付が記されていた。

紅茶はそのうちプロセッコに変わり、店内へと席を移る頃には、ミーロがマイクを試したり、楽譜やアンプを調整したりし始めた。弾きながら歌い、コンピューターで電子音の伴奏打楽器を合わせ、声と楽器と効果音すべてを拾い集めて店内に流す。一連の作業は彼が一人で行う。

簡単に食事でも、とリンダにピアノから離れた隅の席に誘われた。そこからはかろうじて、ピアノをはさんで彼の様子が斜に見えた。

給仕長とはもう顔馴染みなのだろう。注文を待つことなく、シャンパンのボトルと前菜が運ばれてきた。

店内には二〇以上のテーブルがあり、すでにほぼ満席だ。

ほとんどのテーブルが二人連れで、グラスを交わしながら視線を絡め合わせたり、尽きないおしゃべりに夢中になっている。

ポロ。ポロポロ。ポロポロリン。

ミーロの右手が鍵盤にそっと触れ、高音が転がり出た。

リンダは座り直して背を伸ばし、ミーロの横顔を見て待っている。

皿に当たるフォークの音、グラスが触れ合う音、あらまあ、という驚いた声の挨拶、椅子を引く音、注文を頼む客の呼びかけ、給仕たちがテーブルの間を早足で行く靴音。

店内の客は相変わらず乾杯しては、見つめ合い、笑い、しゃべっている。

誰もミーロを聴こうとはしていない。

一音も聞き逃すまいと、リンダは懸命な表情で雑音の間から旋律を拾っている。

卓上に並んだ前菜にはどれも、小さな木製のフォークが刺してある。一口大のものばかりだ。

フォークが皿に当たる音も、咀嚼《そしゃく》する音もしないように用意してあるのだ、と演奏が始まってから気づいた。

それでもリンダは、料理には一切手をつけず演奏に聴き入っている。

彼女が座り直したかと思うと、いよいよミーロが歌い始めた。

恋人たちの夏の思い出の断片を拾い集める、静かな独り言のようにその歌は始まり、次第に思いは高まって、〈僕の気持ちは燃えあがり、空高く飛んでいく〉。ルチオ・ダッラの歌だった。イタリアの七〇年代後半を代表する、甘くて切ない、けれども堂々とした愛の讃歌である。

〈海に輝く星のように、美しい君〉

七〇年代後半、高校を終えるかどうかという二人の夏に、何があったのだろう。

歌の後半、ミーロはだんだんと声を高め、やがて山場にさしかかって絶唱し始めると、店内の喧噪は収まるどころかいっそう強まった。客たちが、歌に遮られないように歓談の声を強めたからである。

誰も聴いていなかった。

リンダとミーロと無頓着な客たちに挟まれて、私は居たたまれなかった。

ところがミーロは、平気で歌い続けている。無関心な客たちにもう慣れっこなのだろう。耳を傾ける聴衆がいなくても動じず、こめかみに青筋が浮かび上がるのが遠目にさえわかるほどの歌いぶりだ。

彼は、次々に古いイタリアのポップスを歌った。

客たちはリクエストすらしない。ひたすら飲み食いとおしゃべりに没頭している。リンダは時々シャンパンを口に運びながら、背筋を伸ばしたままで聴き入っている。ミーロはリンダだけのために歌っている。そのときようやく気がついた。

メドレーのように切れ目なく続く歌は、二人が過ごしてきた長い時間と、そのときどきの記憶を紡ぐ糸のようなものなのかもしれない。


高校在学中から、二人とも映画と本に目がなかった。ヴェローナで開催される映画祭に級友たちと連れ立って出かけては、短編映画や外国映画まで見尽くした。ヴェローナは、夏のオペラ以外にも美術展や音楽会、講演会など文化イベントが目白押しなのだ。

波打つ長い髪のリンダは、小さな町の高校生たちのマドンナだった。

聡明だが高慢ではなく、地味で堅実な彼女の心を捉えるのは、いったい誰なのだろうか。皆、彼女に想いを寄せていたが、交際を申し込む勇者はいなかった。差し向かいでしゃべったり、ピッツァを食べにいったり、並んで歩くために、ヴェローナの映画祭や美術展へ彼女を誘うのがせいぜいなのだった。

高校を卒業し、青春は終わり、そのまま町に残る者もいれば、出ていったままもう郷里には帰らない者もいた。町は小さいが貧しくはなく、身の丈に合った生活を甘受すれば、それなりに仕事も見つかる。

高校卒業後の夏の後リンダは他の町の大学へ進学し、そのままローマへ移って映画の世界へと発った。クリスマスや元日、カーニバルに復活祭。年中行事ごとに故郷に戻り、そのたびに旧友たちと集まった。しかし時が経つにつれてリンダのローマで過ごす時間は長く濃くなり、帰郷の頻度は減った。

旧友たちのリンダへの想いは次第に霞み、かつての仲間はそれぞれの家庭を持った。

ミーロは、散文詩を作るのが好きだった。映画も好きだったがそれはリンダのことが好きだったからで、詩人になるのが夢だった。即物的な創造より、人の気持ちを高め、目の前には見えない、自分だけの世界を生み出したい、と漠然と思っていた。

揺るぎない意志を持ち、好きな映画の世界へ迷わずに飛び込んでいったリンダは、自分とは別世界の女性なのだ。

最後の夏、リンダという夢を一つ諦めて、ミーロは町に残った。

ときどき帰郷する彼女は、外界の刺激と未来への希望で満ちていた。会えるだけでよかった。力がわき、未来への光を分けてもらうようで、ミーロは満足だった。

しかしあるとき、輝くような金色混じりのメッシュになって戻ってきたリンダを見て、彼女との接点が永遠になくなったことを察知した。自分の未来が、大きく方向転換した気がした。

その後もミーロは定職に就かなかった。リンダとの未来を諦め、リンダとのつながりをなくした後、自分に残った夢だけは守ろうと思ったからである。

地道に詩を書き、曲を付けて、ときどき小さなコンサートを開いた。合間に小中学生の国語を見てやったり、老いた親が持つ畑を手伝ったりして生計を立てた。

外界に出て行けなかった分、郷里を、自分の核となるものを守る。それは、新しいことは起こらないけれど自己と向き合う、揺るぎない毎日だった。

しばらくして、染めた金髪から元の濃い茶色に戻し、リンダはローマを畳み、帰郷した。芸能界の空気が合わない、というのが表向きの理由だった。

以前に増して頑なになり戻ってきたリンダに、ローマで何があったのか、小さな町はいろいろと詮索した。

昔、映画館や美術館を共に回った仲間は、ローマから戻ったリンダとは付かず離れずで接した。それぞれに今の生活がある。いくつも季節が巡って、その数だけ夢も消え、変容した。リンダはもはや過ぎた時代の象徴であり、彼らの今には不要なのだった。

「ローマまで行かなくても、ここにも撮るべきことはたくさんある」

再会してから何度となくリンダを連れていった、自分が弾き語りをする店で、ミーロは指輪を渡した。

ヴェローナに近い小さな町で生まれて育ち、同じ町の男と結婚して、今でもそこで暮らし続ける彼の母親の指輪だった。その指輪をはめて、母も祖母もこの町に生まれて嫁ぎ、土に還っていったのである。

リンダが、あらためて金の指輪を見せてくれる。
古い細工の奥で、外光を集めて貴石が深く光っている。

# 9　海と姉妹

六年ほど、サルデーニャ島に暮らしたことがある。

ミラノの出版社が刊行する釣りの専門誌と付き合いがあり、島に詳しい編集者から訪問を勧められたのがきっかけだった。

美しい海、と聞いて、サルデーニャの海を想う人は多い。

島周辺の強く速い潮流のせいなのか、どれほど大勢の人が訪れても、海は変わらず澄んでいる。太陽は波を突き抜けて海底まで届き、海は内からも幾通りもの色を放ち、きらめいている。

島には、いち早く夏が訪れる。国内外からの観光客で、六月から九月まで島の顔は一変する。

混み合う時期を外し、島を訪れた。

ジェノヴァからフェリーに乗り、島の北東にある港で下りて、そこから車で南下することにした。目的地までの交通手段は、限られた本数の公営バスしかないからだった。

島には高速道路がない。いくつかの大きな町を結ぶ要の県道と、あとはかろうじて舗装された道があるだけである。

海と並行してしばらく走る。断崖絶壁のところも多く、波打ち際をなぞるような風光明媚な道はない。

臨海地に点在する平地の一部は観光地化され、大型のホテルやリゾートマンションも建ってはいるが、ほんの数キロ内陸側へ入ると景色は一変する。荒野が広がり、農地らしきものは見えず、民家もない。人気がない。

欧州で最も古い地盤で、ごつごつとした岩肌が続く一帯があるかと思うと、突然密林のような深い緑と遭遇する。見渡しても近くを流れる河川はなく、湖もない。おそらく地下深くに、豊かな水源があるのだろう。鬱蒼と生い茂る大木は精一杯に根を張って、島の核心から水や栄養を吸い上げている。コショウやユーカリに交じり、コルクガシやオリーブの林もある。柵はなく、どこまでが野生でどこからが栽培されているものなのか、見分けがつかない。空と海とが繋がった青一色の景色を背景に、荒削りな内陸を走り抜けていく。蛇行する道に気を取られていると、いきなり尖った岩の先が目前に突き出てきたりする。道まで伸びた大樹の枝先がフロントガラスに次々とぶつかって、ざわざわと新緑の音が鳴る。

対向車も後続車もなく、道と景色はいっそう荒々しくなるばかりである。次第に募ってくる不安を抑えながら、岩と岩の間をすり抜けるようにして次のカーブを曲がると、いきなり視界が開けた。

見下ろす先にはなだらかな平地が広がり、遠くに見える海には波一つなく、銀色に輝いている。緩やかな海岸線にはところどころに半円の湾が見え、小舟がわずかに数艘、入り江につながれている。

山道を下り、海辺の松林に沿ったまっすぐの道を走る。突き当たりに、大きな工場が見えた。そこがダヴィデとの待ち合わせの場所なのだった。


「島一番のやり手だ。一代で現在の地位を築いた男で、顔も広い」

編集部から紹介を受けたダヴィデは、島南部にある漁村の出身だという。目印がなくてもすぐにわかる、と編集者が言った意味がわかった。工場前の広大な空き地に真っ赤なフェラーリが停まっていて、車に寄りかかるようにして、中年の小柄な男性が立っているのが見えたからである。

五〇がらみのダヴィデは、

「思ったより早く着きましたね」

少し高い声で言い、北の港から車で南下するなど向こう見ずだ、と私をからかった。

「途中、路面が割れていたでしょう？　ときどき山から岩が落ちてくる難所でね。冬季はほとんど人が通らないので、ろくろく点検もしないのですよ」

彼は私の乗り古した車を一瞥し、

「後で取りに来ればいい」

そのまま工場跡地へ置いて、フェラーリに同乗して村まで行き、無事到着を祝うことになった。

遠目からの印象より、その工場ははるかに大規模だった。

もうずいぶん長い間、稼動していないのだろう。重々しい鉄の門には、何重にも鎖が巻かれている。建屋の外壁を走る配管は錆びていて、びっしりと蔓草が絡まっている。高い屋根に付いた天窓は、大半のガラスが割れて枠だけになっている。工場の敷地を囲う塀に大きく社名が塗装されているが、ペンキがすっかりはげ落ちていて、いっそう寂しい。

ようやく読み取れる社名から、そこが製紙工場だったと知る。

透明な海で知られるこの場所と、工業廃水量の多い工場とが結びつかない。巨大な工場のせいで視界は遮られ、せっかくの景観も台無しである。

「閉鎖しても片付かず、邪魔でね」

ダヴィデは、延々と続く灰色の工場の壁沿いに真っ赤なフェラーリを走らせながら、冷たい調子で言った。

広大な工場の敷地を回り、小さな入り江を越え、折れて内陸に向かう道沿いに彼の家はあった。

宅地造成された一画らしいが、区画は広すぎて道からは住居が見えない。塀やフェンスで仕切られていてやっと、それぞれの敷地がわかるのである。

ダヴィデは呼び鈴を鳴らし、中からの返事を待たずに大股で奥へ入っていった。

「おい、お客様だぞ!」

怒ったように大きな声をかけ、家には入らずにそのまま庭のほうへ私を招き入れた。

門からは平屋の正面が見えただけだったが、庭へ回って途方もない豪邸であることを知った。刈り込まれた芝生が、視界の届く限り広がっている。窓の多い住居は、庭に植えられた木々に埋もれるようにして建っている。明るい緑色の蔦が壁面を這い、屋根の上には赤紫色の花をつけたブーゲンビリアが重そうに枝を垂れている。足元からは、沈丁花や薔薇が甘い香りを漂わせている。芝生の向こうで鏡面のように光っているのは、プールなのだろう。

突然、家の裏から女性が姿を現した。

ダヴィデはちらりと見て、何をのろのろしているんだ、と苦々しく舌打ちをした。

庭仕事でもしていたのだろう。綿パンツの裾を無造作に巻き上げ、軍手、サングラスに麦わら帽子姿である。年恰好がわからない。

家事手伝いの人かと思い挨拶しかけると、

「リリと言います。初めまして。夫がお世話になります」

軍手を外し、額の汗を拭いながら言った。

「昼食の用意はどうした。あれほど言ってあっただろうが」

相変わらずダヴィデは、イライラと金切り声を上げている。妻の顔を見ようともしない。

リリは夫に何か言おうとしたがすぐ口をつぐみ、

「すぐに仕度いたします。申し訳ありません」

帽子とサングラスを外して、度のすぎた丁寧さで詫びた。

サングラスの下から、少し目尻の下がった黒い目が現れた。濃い眉ははっきりとした山形を描き、大きな目をいっそう引き立てている。狭い額から鼻筋の通った横顔は流れるようで、しばし私はリリに見とれた。

口元には、庭仕事の最中だったというのに、夜会にでも行くかのような深紅の口紅がはっきり引かれている。島のアクセントでゆっくりと話すので、自然とその口元へ視線が行く。

ダヴィデより一回り年下というところだろうか。身体に吸い付くような黒いタンクトップの胸元の張りを見て、思う。

若い頃は、いったいどれほどの美貌だっただろう。

額にかかる後れ毛を気怠そうにかきあげるリリを見ながら、島一番の切れ者と人魚のような娘との出会いを想像する。

ダヴィデは、海から少し離れた内陸の村で生まれ育った。両親も祖父母も、先代たちは皆、村から離れずに一生を終えていった。雑貨店を営んだ者もあれば、村役場で働いた者もいた。

村は大きな町から離れているうえ道も不便で、これといった産業もない。漁業や農業といっても、自給自足程度である。各人ができることを生業とし、それで金銭を稼ぐこともあれば、互いの技量を無償で提供し合って生きてきた。住民全員が知り合いで、もはや村が大きな一族のようなものだった。

島の中の島、とでも言うか。その村は、サルデーニャ島の中の孤高の地だった。住人たちは外へ出ていくのを億劫がり、不便で不遇な環境に己を預け、閉ざされた世界で寄り添って暮らしてきたのである。

簡単な読み書きができて、日常生活に支障がなければそれでいい。

「女が学問をしてもしょうがない」

入り江近くに住む漁師には娘が二人いたが、村役場からさんざん叱られても、中学校へは通わせなかった。その上の娘が、リリなのだった。

リリの父親は、二メートル近くある大男である。今でこそ網元であり、村だけでなく島の南部全体の漁師たちを従えているが、村の出身ではない。サルデーニャ島ですらない。出自は、イタリア中部にあるポンツァ島の漁村だった。

早々と五歳の頃から祖父や父親と沖に出て、主に近海ものを漁獲してきた。遠洋漁船を買える家ではなかったからだ。両親も祖父母もおじおばも、ろくに学校には行っていない。自分の名前を書くのがやっと、という者がほとんどだった。

「本を読む時間があれば、網の繕い方でも覚えろ」

祖父から叱られて、港で針仕事を教わった。

十四歳になった頃、リリの父親は大人に劣らない体軀を見込まれて、遠出をすることになった。

大嵐に遭い、難破。気がつくと、見知らぬ浜に打ち上げられていた。そこが、サルデーニャ島だったのである。


昼食の準備は思ったより手間取って、食卓に着いたのは午後三時を回っていた。席に座ったのは、しかし、ダヴィデと私の二人だけである。リリは、台所から出てこない。

彼は卓上に用意された冷えたワインを開け、まな板の上に置かれた腹ごとのからすみを切り分けた。豪快に切り分けた分厚い一片を小皿に取り、食卓にあったセロリを目の前でざく切りにして手早くからすみと混ぜ、上から勢い良くオリーブオイルをかけて、勧めた。

リリは奥からそれを見届けて、パスタを鍋に放り込んだ。

ダヴィデは、刺すような視線でリリの一挙一動を睨みつけている。

たっぷり一時間以上かけてとった昼食だったが、とうとう最後までリリは私たちのテーブルには着かなかった。彼女はパスタを茹でながら味見をし、オーブンから肉を出し、サラダを盛りつけた。台所と庭へ続く土間の隅の作業台の上に小さな布巾を広げ、そこで給仕の合間に食事をした。

「食卓に着いても、あいつには話題がないのでね」

ダヴィデはにこりともせずに言い、リリはそれに反論するわけでもない。

そばにいるのに、夫婦が食卓を分ける昼食は気詰まりだった。

いつものことらしい。ダヴィデは意に介さない様子で高い声でしゃべり続け、一人で笑い、手酌でワインを何杯も飲んだ。

ふと気づくと、同席している私はずっと聞き役であり、質問どころか相槌さえ打つ暇がなかった。

食事の間じゅう、リリは大きく深い瞳で、奥からこちらの様子をじっとうかがっていた。

ダヴィデは思う存分に食べ、話し、リリが作ったクルミの食後酒をあおると、

「じゃあ、また後で」

何の説明もなく、さっさと家の中へと入っていった。

「おやすみなさい」

リリは丁寧に低い声で後ろから声をかけ、深くため息をつき、

「こちらでコーヒーをいかがです？」

ようやく笑みを浮かべて、台所のテーブルへと私を招いた。

初対面だったが堪えきれず、夫婦はいつもこうして別々に食事をするのか、とリリに尋ねた。

「あの人は、うちの常連でした」

黒い瞳で庭のほうを見ながら答えた。


生きて島に流れ着いたリリの父親は、二度と故郷のポンツァ島には戻らなかった。命のある限り、そして末裔までも、恩を返したいと決意したからである。

流れ着いた先の村の守護神は、故郷ポンツァ島の守護神と同じだった。昔から大時化に遭うと、ポンツァの船はサルデーニャのその村へ漂着し、サルデーニャの村の船はポンツァへ流れ着いた。島と島を結ぶ海流のおかげだった。それで二つの島には、船乗りを守る同じ守護神が祀られるようになったのである。

リリの父親は、船乗りの守護神に恩を返そうと決意した。

十六歳でサルデーニャの漁師の娘と結婚し、リリとその妹が生まれ、料理が得意だった妻は港に食堂を開いた。

食堂といっても、それは番屋のようなものだった。波打ち際の店で、沖に出る前の漁師が立ち寄ったり、漁から戻ると一杯飲んだりして利用したのである。海が荒れると、漁師たちはそのまま店に残り、酒を飲みながら世間話をしたりカードゲームに興じたりした。そのうち漁師の妻たちが、帰ってこない夫たちの昼食や夕食を店まで届けるようになった。その料理の評判が良いと、リリの母親はそれを店の定番として出したりした。村の女たちの腕自慢の場所にもなって、評判は上々となった。

つましい食堂だった店はやがて漁師たちの寄合所ともなり、老いた網元が陸《おか》に上がることになったとき、村の漁師は全員一致で、リリの父親を後任に選んだ。

食堂は、次第に漁業組合の事務所のようになった。漁業は、数少ない村の産業である。漁師の寄合は、そのまま村の決めごとをまとめる役割も持つようになり、数年後にはリリの父親は裏版の村長となった。実際に立候補しても圧勝したに違いなかったが、彼は読み書きができなかったので候補に立つことはなかったのである。

リリは、小学校に上がるとすぐ店で働き始めていた。家事と食堂のやりくりに忙しい母親に代わり、二つ違いの妹の面倒もリリがみた。


「日本からのお客さんはいらしたの?」

玄関口で女性の声がした。

台所に回ってきて、とリリが言い、庭のほうから入ってきた人を見て、私は息を呑んだ。すらりと背が高く、肩の下まで届く金髪はゆるやかにうねっている。大きな目は緑色で、じっとこちらを見る様子はリリとそっくりである。

いつも昼食の後に、姉妹はいっしょにコーヒーを飲むらしかった。

庭の芝生に照りつける午後の日射しが、薄暗い台所にいる姉妹を背後から照らし、後光が射して見える。

食堂の話をしていたところだと知って、妹はリリと同じ鼻筋に皺を寄せ、
「あれから私たち、何も変わっていないわねえ」

独り言のように言った。リリは無表情のまま、何も言わない。

ダヴィデが食堂にやって来るようになったのは、リリの父親が網元としてだけではなく、実質的な村の顔役として皆から一目置かれるようになった頃だった。

いくら学業は優秀でも、村にはこれといった仕事がない。家の裏の畑で穫れる野菜を隣家の果物と交換して、老女の家の修理をする代わりに亡き夫の懐中時計をもらう。ダヴィデはそういう何も起こらない毎日が続くのを想像して、耐えられなかった。

将来が見えずに焦れているとき、時化で漂着した他所者が村の網元になったと聞いた。閉鎖的な村で、外の者が長となるのはよほどの人物に違いない。小学生だったダヴィデは、食堂に通うようになった。

表の村議会で採決されることは、すでに食堂で決まっていることなのだった。気性の荒い船乗りたちを統制し、その家族からも信望を得る網元には、絶大なカリスマ性があった。「守護神が乗り移ったのではないか」と、漁師たちは噂した。

やがてリリの父親は、利発なダヴィデに口頭での取り決めごとを記録するよう頼んだ。
それは、自分の娘の婿としての指名でもあった。

「ダヴィデは学校が終わるとそのままうちに来て、食堂のテーブルで宿題をし、夕食が終わるまでずっといました。学校へ行かせてもらえなかった私や妹に、勉強も教えてくれた。同年代の子たちは食堂などに来ません。そのうち互いに意識するようになって」

生き神の父親の言うことは、絶対だった。

「ダヴィデにしろ」

十二歳のときに言われて、十六歳で結婚した。

守護神を祀る村の教会は、花で飾り立てた儀式用の神輿に聖母の代わりにリリを乗せて、入り江を一周して盛大に祝福した。

網元の威力のせいばかりではなかった。リリは、それほど神々しかったのである。

網元は島に娘を捧げたのだ、と村人たちは言い合った。

島への捧げものと結婚し、島南部で一番の権力者の婿となったダヴィデは、高等教育を受けた後、技師として仕事を始めた。

ちょうど島全域で、大掛かりな観光地の開発事業が始まる時期と重なった。ダヴィデは足繁く現場へ通い、義父から船を出してもらい沖合へも出ていった。

「私たちには、彼の目論見が少しもわかりませんでした」

リリは当時のことを思い出したのか、暗い表情で言い、妹はもっと沈んだ顔をして黙っている。

若いダヴィデが狙ったのは、ホテルの開発に入り込むことではなかった。どうせイタリア半島側から来る業者や政治家たちの出来レースなのだ。いくら義父が大物でも、若輩のダヴィデが手にすることができるパイなどなかった。

彼が考えたのは、どう見ても分のない、不便で不遇な、自分たちの住む南部への融資だった。ただ同然の海岸沿いの平地に、工場を誘致しようと思いついた。サルデーニャ島は貧しく、島の活性化につながる事業計画が通れば、内外から助成金が給付される。

ダヴィデはイタリア半島側の企業を丹念に調べ、経営の世代交代で事業拡大を図ろうとしている製紙メーカーを探り当てた。

候補地を見学に来た、まだ二〇代だった若社長を食堂でもてなした。ダヴィデと網元が給仕に付けたのは、リリの妹だった。食事だけでなく、滞在中の面倒をリリの妹は受け持った。生き神の婿の言うことは絶対だったからである。

自分たちの美しい海に、網元はなぜ工場を誘致するのだ。

漁師たちは、猛反発した。

不満がくすぶり発火するか、というときに、ダヴィデは食堂で寄合を開いた。

「工場誘致により侵される漁業権を補償してもらいます」

皆に知らせた金額は、誰にも想像がつかないものだった。

工場は大規模で、建設に数年かかった。

ダヴィデはかつて食堂で議事録を作った見習いの頃のように、工場建設の現場でも低姿勢を貫いて裾の仕事に専念した。補償金だけでなく、村には突然、新しい働き口が生まれ、人手はいくらあっても足りないくらいの特需に沸いた。

漁業に疲弊していた貧しい漁師と故郷を守ろうとする村人との間に深い確執はあったが、食堂での寄合ごとにダヴィデは、

「村の自然は必ず守ってみせます」

不穏な気配を抑え込むように言い続けた。

ダヴィデは、生き神を継いだのかもしれない。皆はその威圧的な様子に気圧された。

工場の始動に合わせて、製紙メーカーの若社長はリリの妹と結婚することに決まった。いよ

いよ翌日に祝宴を控えて、独身最後の夕食会をトリノで開くために、若社長は一人、自家用機で村を後にした。

そして、そのまま二度とサルデーニャ島に戻ってくることはなかった。

自家用機が、島の沖合に墜落したからである。

「工場は、稼動前に閉鎖となりました。『島の海をないがしろにした祟りに違いない』と、村人は騒ぎました」

黙ったままのリリの妹には、表情がない。


リリの父親は、工場誘致計画が出た当初から一言も口出ししなかった。最初からそうなることを知っていたのだろうか。

「自分の責任だ、専門医に診せて必ず治す」

ダヴィデは、墜落事故で正気を失ってしまった妹を連れて世界各地を回った。姉であるリリは同行させず、「食堂を守れ」とだけ言い残し、二人は何カ月も島には戻って来なかった。

強い悲しみのために錯乱した妹は、ぞっとするような美しさだったに違いない。

「お姉さん、私は本当に何も覚えていないのよ」


昼寝から目覚めたダヴィデが、奥から出てきた。

冷たい目で姉妹を一瞥し、

「さっさと夕食の用意にかかれ」

舌打ちするように言い捨て、

「島をご案内しましょう。内陸は黒々と森が深く、島の別の姿をご覧になれますよ」

声を低めるようにして、私に向かって言った。

リリと妹はそそくさとコーヒーカップを台所へ下げ、そこからこちらの様子をじっとうかがっているのだった。

# 10 甘えて、すがって

私がミラノに居を構えたのは、イタリアの大手マスコミ企業の大半がこの町に集中しているからだった。日本のマスコミに向けてイタリアのニュースを配信するのが、仕事である。ミラノに本社を置く新聞社や出版社を介して知り合った記者やカメラマンたちと組み、各地の出来事を取材して、日本に送る。

外から見ると大都会という印象のミラノだが、実際に暮らしてみると、ほどほどの規模の町である。中央にある証券取引所を核にして、町は無駄なく機能的に動いている。この町の時計の針は、他のイタリアの町より二倍ほど速く回っているような感じだ。ヨーロッパ他都市に距離と意識も近く、他の町に比べて国内外からの人の往来は多い。

ローマやナポリ、シチリア島といった南部イタリアを経験したあとでのミラノは、同じ時代、同じ国にある町とは思えなかった。他愛ない世間話で時間を共有しながら徐々に人間関係を作っていく南部ふうの日常に慣れていた私は、すべてに実利優先のミラノの様子に当初、かなり戸惑った。無駄を面白がったり、むやみに切り捨てたりしないところにイタリア的な良さがある、と信じていたからである。

毎日、現場にいる記者やカメラマンたちから連絡が入る。事件の見つけ方には、彼らの人間

性もさることながら、その人の出自が如実に表れて興味深い。

ミラノのカメラマンたちは、瞬時のシャッターチャンスをものにしては即刻、連絡を入れてくる。連絡を受けた側がすぐに応じなければ、間髪をいれずにもう次の売り込み先へと持ち込む。

特ダネは競りにかけるように売りに出されて、それを仕切るのは専門通信社であることが多い。ほとんどがミラノに拠点を持っている。利益は、瞬時に明確にならなければならない。取引に関わる人たちの人間関係の奥行きまでが利幅次第、というところがある。

一方、何カ月もかけて地道な取材を重ね、込み入った背景を解くルポルタージュを持ち込むカメラマンたちもいる。たいていが、南部出身の人たちである。雑誌のグラビアページの見開き程度で紹介するには濃厚に過ぎる内容であり、カバーストーリーとして特集を組んでくれる媒体が見つかるまで、カメラマンも持ち込まれた通信社も、ネタを手元に抱えてじっと待つことになる。

豊かな風土に恵まれながら産業が発展せず、学問を重ね、知識を蓄積させて、才能を生かす出番をじっと待つ南部の人たちそのものである。

ジュリオは、後者のタイプの記者だった。

シチリア島で生まれ育ち、大学時代をローマで過ごしたあと、記者の資格試験に合格してミラノに移った。サツ回りからの叩き上げで、北イタリアで起きた犯罪事件をきっかけに知り合った。

「全方位に有能な記者だ。困ったら、ジュリオに相談するといい」

ある新聞社の編集局長から、長年の仕事仲間だ、と紹介された。

編集局長と同期入社だったジュリオは、社会面やスポーツ面を担当したあと、政治部、経済部を経て、外信部に配属された。戦場の最前線からサミットまで、世界各地で時代の瞬間を報道してきた。四〇代で本社に戻り、五〇代で副編集局長に昇進。ところが、一年も経たないうちに辞表を出した。

「変わった男でね。あのままいれば、すぐ編集局長になっただろうに」

現場から本社に戻ったジュリオを待っていたのは、記事を書くことよりも編集局内の人事管理だった。そればかりか、いくつかの派閥に分かれた上層部のせめぎ合いに巻き込まれて、勤務時間の大半を根回しに取られた。それまでの経験を生かして、いよいよ報道を総括するような仕事ができる、と意気軒昂だったジュリオは自分の立ち位置を見失った。

政界の魑魅魍魎《ちみもうりょう》には慣れていたが、社内政治にはすっかり辟易して、ジュリオはあっさり出世を捨てて、新聞社を辞めてしまった。

編集局長から紹介されたのは、彼がフリーランスになって数年経った頃だった。

待ち合わせ場所に現れたジュリオは、飄々とした人だった。洒落者が多いイタリア男性には珍しく、身につけるものには無頓着らしい。蒸し暑いミラノの夏に、くたびれたコール天のズボンだ。しかも焦げ茶色である。昔、修道士が履いたような、頑丈だけが取り柄の無骨な革製のサンダルを履いている。首には、長いひも付きの革の小袋を提げている。中身は煙草なのかと思ったら、携帯電話なのだった。

ミラノで面会の約束をすると、会うなり着席する時間も惜しいかのように、腰を半分浮かしたまま話し始める人が多い。

ジュリオは大新聞社が推薦する、選り抜きの記者なのだ。雑談で彼の貴重な時間を無駄にするわけにはいかない。自己紹介を終えるや否や、私はミラノふうに単刀直入、用件を話し始めた。

「ちょっと、これを聴いていただけませんか」

ジュリオは和やかに私をさえぎり、おもむろに布製の肩掛け袋からテープレコーダーを取り出した。肩掛け袋の中には、本や雑誌や新聞に交じって、丸めた楽譜が見えた。

イヤフォンから聞こえてきた曲にはメロディがあるようでなく、幼い子がピアノを無作為に鳴らしているように聞こえた。

「自作自演です」

ジュリオは新聞社を辞めてからもミラノに一人で家を借り、ピアノを習い始めたのだという。その曲は、彼が今、住む家で弾き、録音したらしい。

日当たりは悪いが、家から出ると目の前に聖堂があるような場所に建つアパートで、ピアノを入れると部屋に空きがなくなってしまい、台所で寝ている、と笑った。二間だけの、小さな賃貸。

始まりは穏やかだった調べは、やがて極端に音階を飛び移るような旋律へと変わっていった。助けを求める呻き声のようにも聞こえ、胸苦しい気分になった。

難解な音楽を聴き終えてから、ジュリオとは小一時間ほど話をした。仕事の打ち合わせは五、六分ほどで済んでしまい、残りは彼が新聞社時代に回った世界各地での話になった。町の土地柄についてというより、出先で知り合った女性たちについての思い出話だった。時間軸を遡り、そのときどきの女性たちとの過去を話す彼の口調には、女性遍歴を自慢するような下品さも悪びれた様子もまったくなかった。卑しくないドンファン、という印象だった。

「僕は愛妻家です」

さんざん世界中の女性たちとのことを話したあとで、平然と言った。

妻とは、大学時代に知り合った。学生時代の通いつけの書店に彼女もよく行っていて、ジュリオが先に夢中になった。

ひと回り以上年長のその女性は熱心な読書家であるばかりでなく、音楽にも美術にも深い造詣があった。いつも無地のブラウスにスカート、という簡素さだったが、それがかえって粋だった。シチリアから出てきたばかりの彼は、これぞ都会、という雰囲気の女性と出会い、ことばを交わすたびに自分が少しずつ洗練されていくように感じた。

一方的な憧れはたちまち相思相愛へと変わり、彼が在学中に結婚した。

ひと回りも年上の女なんて、と、ジュリオの古風な母親なら猛反対しただろう。母親は、彼が大学へ上がる前に他界していた。


早々に一女一男に恵まれた家庭生活と並行して、ジュリオの記者生活が始まった。

筆力があるうえに、語学力と体力、気力にも満ちた彼は、どの部署に配属されても活躍した。彼の書く記事には若い記者にありがちな粗雑さがなく、「極悪犯罪を扱っても行間に独特な品格が漂う」と、デスクたちを感心させた。

それはやはり、教養に満ちた年上の妻によるところが大きかったに違いない。

国内外を駆け回って、順風満帆の記者生活を送った。外信部時代は、クリスマスと夏の休暇を除くほとんどの時間を外地で過ごした。フィリピン、北京、東欧諸国、旧ユーゴスラビア、アフリカ、中東。世界が動くと即刻、ジュリオも現場へ飛んだ。

彼がどこへ派遣されようが、妻は子供たちとローマの自宅から動くことはなかった。夫の行く先々の情況に動じることはなく、家庭の中の静かな暮らしを守り続けたのである。

ジュリオは、自分が取材した世界各地の出来事が一覧できるような表を作り、表の脇に家族の出来事も書き込んだ。

長女の最初の歯。長男のサッカーチーム優勝。夏を過ごしたスペインの島。妻の合唱コンサート。新しいソファー到着。子犬誕生。

どれも大切で楽しい出来事だったのに、家族の記録は、取材した事件簿の余白を越えては書き込まれることがなかった。

「妻はもの静かな女性で、あれこれ尋ねることもなければ意見もしない。学生のときからずっとそばにいるので、もう自分の一部のよう。ときどき結婚していることすら忘れてしまうほどなのです」

内戦勃発やテロ事件のような前線取材のとき、危険を避けて報道陣用のホテル内に待機したまま、記者発表される素材を使って記事を書き上げる派遣記者はいるものだ。しかしジュリオはどんな情況でも怯まず外に出て、生の声を丹念に拾い上げた。瞬時が勝負の、事件勃発の報を伝え終えても現場に留まり、町や人々のその後を確かめて、事後の顚末を必ず書いた。

町に入り、人たちの間に分け入り、丁寧な取材を重ねるうちに、土地の女性たちの心の中にも居場所を見つけてしまうらしかった。

過酷な現場を経ると、感情を失ったような状態になる記者やカメラマンは多い。あるいは、通り過ぎたばかりの現場よりもさらに強烈な取材対象を探しにいく者もある。

感情を抑えて厳しい場面を切り取り、高まる気持ちに流されないように、淡々と記事を書く。

殺伐とした前線から次の前線へと飛ぶうちに、次第に神経がすり切れてしまう記者もいる。ジュリオにとって各地の女性は、事件と事件の間の〈小休止〉のようなものだったのかもしれない。

夫の仕事がどういうものかを理解し、現地での休息場所があるからこそ、臨場感と温情のこもった記事が生まれることがわかっている妻は、取材が終わっても自宅に戻ってこないことを責めたり、つらがったりはしなかった。ミラノでアパートを借りピアノを習うのも、かまわない。それも夫の人生の一部なのだ。

彼女にとってジュリオはもう夫というよりも、心のうちを知り尽くした同胞、あるいは目配りの必要な年の離れた弟、もしくは見返りなしに愛情を注ぐべき子供のようにも感じられるのだった。今さら嫉妬に苦しむことなど、無意味だったのである。

彼女がやってくるまでは。

「雨に濡れた子猫のようだった」

連れの若い女性が席を離れるのを見計らって、ジュリオは私に小声で言った。

新聞社に紹介されて会ってから、五、六年経った頃だったろうか。しばらく連絡が途絶えていたジュリオから、遊びにいってもいいか、という電話を受けた。その頃私はミラノから海辺の町に移り住んでいて、週末になると友人たちがよく遊びにきていた。

ジュリオは、妻でない女性を連れてやってきた。

東南アジアの人で、イタリアに着いたばかりらしい。おどおどとした様子は、周りの風景から浮いて見える。色のあせたTシャツはすっかり形崩れしていて、くすんだ色のくるぶしまでの巻きスカートを纏い、ビーチサンダルを引きずって歩く。女性、というより、少女に近い年恰好である。ことばがよく通じないせいなのか、あるいは物怖じしているのか。顔を合わせてもろくに挨拶もしなければ、愛想笑いすらもない。

国際派の記者と垢抜けない異国の娘との組み合わせからは、不釣り合いというより、異様な印象を受けた。

初めてジュリオと会ったときに聴かされた、居心地の悪い不協和音が耳に蘇った。


二人をうちへ案内し、さて別々の部屋へ荷物を運べばいいのかどうか訊きあぐねていると、その若い娘は案内されるのを待たずにさっさと自分たちの荷物をひとまとめにして、当然のようにダブルベッドのある寝室へと運び入れた。

庭に出したテーブルに着き、ジュリオに飲み物を出すと、参ったよ、とでも言うように頭を振りながら、〈子猫〉との事情に言及したのである。

「突然、やってきてね。たしかに顔見知りではあったけれど、まさか押しかけてくるとは思いも寄らなかった」

その娘から、「あなたの宿に匿ってもらえないか」と、切羽詰まった様子で乞われて、ジュリオは断れなかった。むしろ、事情があって家を出てきたらしい若い娘を助けるのは当然のことだ、と思った。

雨に濡れそぼった子猫は悲しそうに啼き、人恋しそうにジュリオにすり寄って、暖をとろうと懐へ潜り込んだ。

数日の予定だったのに、そばにいてもっと暖めてもらいたい、と自分が思い始めているのにジュリオは気がついたのだった。


子供たちを育て上げ、夫が第一線の記者でいられるよう支え続けてきた妻は、留守を預かるうちにすっかり老いていた。若い頃には気にならなかった年の差は、妻が老いて歴然となった。すべての礎だった妻が、朽ちた木のように見えた。枝を広げ、青々と葉を繁らせ、日を受け、影を作り、根を張ってきた木。彼と家庭を支えてきた彼女は、いつの間にか古びて硬くなり、触れるとざらついて、軋む音が聞こえるようだった。

〈あと十数年経つと、僕もああなるのか〉

かつて年上の妻に母親の幻影を見つけ安堵したジュリオは今、自分にも間違いなく訪れる老いを彼女の中に認めて、慄然とした。

「肌の張りに負けた」

若い娘との片言の会話は、長くは続かない。迷い猫に対する哀憐の気持ちで、頭をそっと撫でる。二の腕をそっと摑む。髪を耳にかけてやる。肩を抱き寄せる。

恋愛感情は、ひとかけらもわかなかった。しかし、ジュリオはもうその娘から離れられなくなった。肉欲でも、弱い者を支配する優越感でもなかった。彼女のみずみずしい肌に触れると、自分が失ってしまった時間が早回しで戻ってきて、全身に若さが蘇るような気がしたからである。

「最近のあなたの記事には、むせ返るような若さがあるわね」

東南アジアへの出張から自宅に戻った最初の朝、食卓で妻が言った。

ジュリオの記事にはすべて目を通すものの、それまで仕事に関して一切、口を出すことのなかった妻が初めて述べた感想だった。

しばらくして、妻はジュリオのもとを去っていった。

四〇歳以上も年下の女性と暮らし始めて、ジュリオの生活は一変した。もはや書き手としては最古参であり、大御所だ。同年輩で、現場にまで出かけていくような仕事を選ぶ者は他にいない。だが、生の声を拾い上げる念入りな取材は、彼の根本である。今も変わらず、必ず自ら見聞する。

変わったのは、以前は一匹狼だったのに、どこへ行くのにもその娘を同伴するようになったことである。その娘の同席に対し、取材相手からあからさまに嫌みを言われても、

「助手で、メモを取らせるので」

と、ジュリオは意に介さず、ひとときも離れることはないのだった。

「あの娘から若さを吸い取っているつもりだろうが、嚙《しが》み尽くされ出汁が出なくなったら、あいつがポイされるのだろうな」

口さがない同業者たちは、孫ほども年の違う女性を〈肌身離さず〉連れ歩くジュリオを陰で冷笑し、哀れんだ。

論壇や政財界のロビイスト、芸術家たちと交流があったジュリオだが、知的な会話どころかイタリア語も英語もままならない未熟すぎる彼の新しい連れに、周囲は困惑し、次第に離れていってしまった。

女性に何を求めてきたのだろう。

若いときは自分を包み込んでくれる無私の愛情を、老いた今は生気を。

ジュリオはいつも、そのときの自分にないものを探し、女性の中に見つけ出し、ものにしてきた。

それは彼のウリである、丹念な取材のもとに手にするネタのようなものなのかもしれなかった。

# 11 世間を知らない

ミラノの旧市街の一画に、荘厳な佇まいの建物が建ち並ぶ高級住宅街がある。戦禍で多くを失ってしまったミラノで、前世紀の町並みを偲ぶことができる、数少ない一帯だ。

路面電車やバスの通り道から二通りほど大聖堂のある中央へ向かって入ると、突然あたりは深閑とした別世界となる。古色蒼然とした建物は時の建築家によるもので、一棟ごとに様式が異なる凝ったファサードを眺めながらの散策は、建築図鑑のページを繰るようだ。

たいていの住宅街には、食料品店やバール、美容院、ブティックなどが建物の一階に入っているものだが、この界隈にそういう店舗は一軒もない。閑散として寂しいかというとそうではなく、雑多と凡庸を寄せ付けない、高い格調と冷ややかな気位に満ちている。

雑然とした毎日に閉口すると、この一帯を歩く。

春先から夏にかけては、各建物の敷地内から歩道へと枝を伸ばす桜や紫陽花などが目に楽しい。鬱蒼と葉を繁らせていた大樹が、初霜の降りる頃には裸の枝で立ち尽くし、それまで葉の陰に隠れていた景色が姿を現す。初冬の町からは色が消え、モノクロの写真の中を歩くようだ。

屋敷街の途中に、小さな教会が建っている。一般に公開されるのはごく特別な行事のときに限られ、ふだんは高い鉄門で閉ざされている。有名な教会なのだろう。正面玄関の脇に、歴史や背景を説明する看板がある。

黒く長い衣を纏った修道女たちが、教会前の砂利道に舞い落ちた枯葉を丁寧に掃き集めている。柵のすぐそばに植えられた木に丸い小さな実が鈴なりに付き、早朝の薄明かりに透けて鈍い紫色を放っている。

見とれていると、目の前を赤い小型車が行き過ぎて、玄関門の前で短くクラクションを鳴らした。堅牢な鉄の門がゆっくりと開き、赤い車は砂利を踏む音を静かに立てながら、教会の敷地内へと入っていった。

朝そこを通ると、必ず目にする光景だった。


本格的な冬が訪れる前に、私はフランチェスカの車に同乗して帰路を戻るようになり、雪が舞う頃にはうちの近くの広場前で、教会へ向かう彼女の車を待つようになった。ときおりだった散歩は、毎朝の習慣となった。

「ちょっとコーヒーでもいかが？」

ある朝いつものように門の前で止まった赤い車の窓が開いて、フランチェスカから声をかけられたのがきっかけだった。

私より一回り以上も若い彼女は、教会の少し先にある幼稚園まで娘二人を送りに行くのだ、と知った。

「いつも庭を見ているのね」

フランチェスカは、まるで自邸の庭をほめられたように満足そうな顔をした。四方山話をするうちに、互いの家がごく近くであることがわかり、以来、散歩の途中の私を見かけると、赤い車が短くクラクションを鳴らして、フランチェスカがドアを開いてくれるようになった。


フランチェスカは、よくしゃべった。

私がシートベルトを締めないうちから、昨晩テレビで観た映画に始まり、発売されたばかりの瞑想についての本や春休みにインドに行くこと、開店したてのオーガニック食品専門店の評判など、およそ私の日常からは遠い話題を、息継ぎするのももどかしいように熱心に話し続けるのだった。朝早くまだ私は寝ぼけていて、途切れることなく続く彼女の独り語りは、つけっ放しのラジオから流れてくる声と変わりがなかった。

生半可に相槌を打ち、うちの前の交差点で下ろしてもらい、じゃあまた明日、と別れるのを繰り返していた。

「それじゃあ午後、待っているから」

その朝もぼんやり彼女のおしゃべりを聞き、いつもの交差点で降りようとしたところにそう言われて、はっと目が覚めた。

数日前の帰路、

「午後の真ん中あたりに遊びに来て」

と、誘われていたのだ。

午後の真ん中あたり、という言い方は、生粋のミラノ人ならしないだろう。十五時頃を指すのか、あるいは十八時くらいなのか、はっきりしない。

十六時半から十七時のあたり、と言わずともわかるのは、南部の人どうしである。

正確な時間を言えば済むところを、あえて〈午後の真ん中あたり〉と曖昧にするのは、約束の時間を気にして互いにどぎまぎするのを避けるためではないか。

出掛けに必ずかかってくる、姑からの電話。

終わらない愚痴。

朝から待っているのに、荷物が届かない。

突然の大雨。

バスが来ない。

子供が発熱した。

薬が切れている。

うまくアイラインが引けない。

ストッキングがすべて伝線。

玄関の鍵をここに置いたはずなのに。

思わぬ事態に見舞われて、足止めを食うことはある。早めに家を出ても、外でどういう不測の出来事に遭うか知れない。さらに南イタリアでは北より不条理な出来事が起こりやすく、悪気はないのに、段取りどおりに物事が運ばないのが常である。

そしてフランチェスカは、イタリア半島南端のプーリア地方の出身なのだった。

初めて赤い車で送ってもらった朝、彼女はたった十数分の道すがら、故郷の魅力や、そこで生まれてから大学を卒業するまでの日々をひと息に話した。

三〇歳そこそこだというのに、いちいち持って回った話し方で、言葉遣いも大時代的だった。聞きようによっては傲慢であり、退屈で、少し哀しかった。

「私の町は、南部イタリアを代表するバロック建築でできているのよ」

重厚な装飾のなされた建物が、その勿体ぶった話しぶりに垣間見える気がした。

それほど彼女が愛して止まない郷里を後にしたのは、それよりもっと愛するものがミラノに見つかったからである。

夫。

「グイドを紹介したいの。彼こそミラノの真髄よ」

結婚して七年経つというのに、いまだに夫の話をすると気持ちが昂揚するらしい。プーリア訛をいっそう強め、頬を紅潮させながら夫への想いを延々としゃべり続けるさまは、素人芝居を見るようで、こちらが気恥ずかしかった。

「私の甘い大切なグイドは、大学でそれは難しいコミュニケーション学を専攻して、他の追随を許さない好成績で卒業し、ヨーロッパで最も重要な広告代理店に即刻採用されたの。パリからもロンドンからも、要するに世界じゅうから羨望の的のポストでね。採用が決まったときには、彼の住むマンションの掲示板にお知らせを貼って、オープンハウスにして町こぞってお祝いしたの。だって、ヨーロッパ一の広告マンになったのだもの。入社した、ということは、そういうことでしょ？　なのに、私の甘い大切なグイドは、それを全然ひけらかそうとしない。奥ゆかしいでしょう。本物の才人は、むやみに浮ついたりしないのよね。やはり世界一になる男は違う。あの人ったら、とても甘いのに実は渋い。熱いのにクール。あの絶妙のバランスは、まさに生きた芸術よ。そう思わない？」

彼と会ったこともない私に、フランチェスカは息が上がるまで、夫への賞賛を重ねるのだった。

午後の真ん中に家を訪ね、グイドの帰宅を待ちながら、二人のなれそめから今までをすべて話してくれる、という。

フランチェスカの娘二人が通う幼稚園は、庭の美しい教会と地続きに建っている。共学になったのはごく最近のことで、創立時は厳しいカトリックの教えを貫く女子校として有名だった。現在も、校風と評判は少しも揺るぎない。

運営するのは、修道女会である。本部はフランチェスカの故郷にあり、分校としてミラノにも一〇〇年あまり前に開校した。

修道女会系の一貫教育校というと、学問とは別に、礼節と作法の礎の習得を第一義とするところ、という印象が強い。どの時代にも教会は、人々の精神の核を成そうとしてきた。信仰をよりどころとする者もあれば、足枷と感じる人もいる。

かつても今も、イタリアという国は騒動の多いところで、各人が自分なりに核心となることを持たないと、生きづらい。結果、常に斬新なことを求めて動く人たちと、揺るぎない伝統に安穏と生きる人たちに分かれることになる。

堅牢なバロック建築でできあがった、フランチェスカが生まれた町は、住人の気質も堂々として重厚、揺るぎがない。自信に満ちた祖先の懐で守られ暮らすようなもので、町の声に従っていれば間違いはなく、外界の動向など雑音同然だ。

生まれた子が女児なら、修道女会の一貫教育を受けさせる。清楚な校舎に宿る、毅然とした古い魂。一分の隙なく手入れの行き届いた中庭の花々は、四季を通じて皆に美しい気持ちを届けている。

凜とした校舎のように強く、中庭に咲く花の如く優しく育って欲しい。

曾祖母から祖母へ、そして母、娘に孫娘へ。町の歴史と文化は、修道女会の学校を介して脈々と伝わり、残る。

万人が通えるわけではない。素養というものには、重量があるのだ。自分一人では持ちきれない重さを、家柄と引き換えに背負う。

フランチェスカの両親は、ともにその町の出身である。

両家とも家系図の辿れる限り、郷里の歴史を記してきた。海にも山にも大地にも恵まれた地方で、両家はそれぞれの家の歴史の長さに則した財産を有している。

ときどき両親は、娘を訪ねてミラノにやってくる。Aラインのスカートや後ろ身頃にスリットが入った上着といった、オーソドックスだが退屈な恰好のせいで、二人とも実際の年齢よりずいぶん老けて見えるのだった。五〇を過ぎたばかりというところだろうが、ミラノ滞在が数週間にも及ぶこともあるのを見ると、二人とも仕事には就いていないらしかった。

ときおりフランチェスカと、幼稚園へ孫を迎えに行ったりした。そういうときは母親だけがついて行く。彼女が南部の本校に通学した時代は厳格な女子校で、父親といえども男子禁制だったのだ。

くるぶしまでの毛皮のコートに身を包んでやってくるミラノの若い母親たちに混じって、フランチェスカの母親は薄茶色のウールのオーバーコート姿である。しかし彼女が歩くたびに、生真面目な膝丈のオーバーコートの裾から同系色のスカートがわずかに見える様子は、毛皮のロングコートよりもずっと品位があり、秘めた艶が見え隠れした。

　薄暗い廊下で孫二人が出て来るのを待つあいだ、彼女はたいてい老いた修道女たちと立ち話をした。何ということのない情景が浮き立つように見えたのは、背筋を伸ばし、古めかしい言い回しや言葉を平然と南部訛で話す、彼女の佇まいによるものだったのかもしれない。


その日約束どおり、午後の真ん中に家を訪ねると、レギンスに男物のTシャツ、バンダナで髪をまとめたフランチェスカが、出迎えた。

　掃除かダンスの途中だったのだろうか、と紫色のレギンス姿に私は内心驚きながら、彼女の後に付いて奥へ入った。

　案内しながらフランチェスカは、Tシャツの裾を胸元までたくし上げて結わいたので臀部がすっかり露出し、インナーのT字がくっきりと見えている。均整のとれた身体つきで、大胆な恰好をしても、それほど醜悪ではない。

　むしろ、奇抜なことを無意識にしてしまう稚気のほうが目立ち、ずれた自意識の強さがいかにも滑稽で、野暮ったく見えた。

　そういえば娘たちを迎えに行くときも、フランチェスカは他の母親たちとは違っていた。彼女の母親が、前世紀の写真から抜け出したような恰好で異質なように、フランチェスカはその奇天烈さで目を引いた。胸元が大きく開いた原色の花柄のワンピースを着たり、ショッキングピンクのハンドバッグと揃いのサンダルだったりした。玄関でいつも、修道女がやや顔を顰《しか》めて挨拶をし、

「素敵なワンピースですが、前屈みになるときには、胸元に手を添えて中身が飛び出さないようにお気をつけなさい」

など、注意するのだった。

フランチェスカには、自分は本校の卒業生、という誇りがあった。

「私の町の伝統あるバロック様式を、現代のミラノふうに意訳してみたわけ」

度肝を抜く装飾過剰な服装や髪型で、いつも自信満々だった。


そういう日頃の彼女の様子を思い起こしながら、家の奥へと入った。

居間と夫婦の寝室、子供部屋に台所と浴室という間取りである。

夫婦の寝室は、本棚を間仕切りにして居間を二間に分けて作ってある。

子供部屋に設えてあるところは、従来なら物置なのだろう。細長く、明り取りの窓のある壁に机を一つ置くともういっぱいで、部屋の隅に丸めて立て掛けてあるマットが娘たちのベッドらしい。

台所には、食卓が置けない。冷蔵庫を開けるために、流し台に身体をくっつけなければなら

ない。

南部の名家の娘が嫁いで住む家にしては、ずいぶんと手狭な印象だった。

私が相当、意外な顔をしていたのだろう。

「この家に入ると、森の中に迷い込んだような感じがしない？」

フランチェスカは芝居がかったように両手を広げ、居間のカーテンを思い切り開いた。

窓いっぱいに、木々の幹が連なって見える。しかしよく見るとそれは、緑の蔦や蔓草を絡ませた、茶色のペンキで塗った鉄格子だった。アパートは地上階にあり、侵入者を防ぐためにどの窓にも鉄柵がはめられていた。

狭いながらも家にはさまざまな工夫が施してあり、一家が楽しく暮らしているのがよくわかった。

たとえば、壁。子供たちが描いた絵でいっぱいで、見上げると天井からは星や月、太陽の形に切り抜かれた鏡が垂れ下がり、光っている。

部屋ごとに違う絨毯が、パッチワークのように敷き詰められている。どれもが花柄である。

「庭から庭へ散歩するようでしょう？」

フランチェスカは子供のように飛んで歩いてみせた。居間の絨毯は若草色で毛足が長く、足が埋もれるほどだ。

フランチェスカは、絨毯に寝転んで大の字になった。

天井の半分を覆うほどに引き伸ばした、巨大な写真が貼ってある。

モノクロの写真の中で、一糸も纏っていないフランチェスカとグイドがこちらを見下ろしている。足を崩し床に地座りする妻を、夫は背後から広げた両足を伸ばし、その間に包み込むように座っている。妻は前を向いたまま、両手を上げてうしろにいる夫の首に回し、たわわな乳房を前へ突き出している。妻の足の奥が見えないのは、突き出た腹の陰になっているからだった。

「南の伝統と北の新流が結合したのよ。歴史が歴史を生む。なんて素晴らしいことなの！」

寝転んだまま自分の写真をうっとりと眺め、独り言のようにフランチェスカは呟いた。

夕刻になって、グイドが娘二人を伴って帰宅した。

襟元に届く明るい茶色の髪は、ゆるく波打っている。前髪が額にかかるのを両手で掬い上げるようにして払う。

旭日旗が背中一杯に刺繍された黒い革ジャンパーを脱ぎ、グイドは言葉少なく、生真面目に挨拶した。室内の様子や、劇的な結婚記念写真のあとで会う当人は、思ったより地味で普通の印象の男性だった。

革ジャンパーの下は、薄いグレーのストライプ入りの水色のシャツにジーンズというありきたりの恰好で、紫色のレギンスの妻とは対照的である。

幼い娘たちは、誕生日パーティーに呼ばれての帰りだったようだ。顔じゅうに描いた色とりどりの模様をそのままに残して、風船や菓子のおまけ、駄菓子入りの小袋を握りしめ、夕食もそこそこに食卓につっぷして寝入ってしまった。

フランチェスカは郷土料理を作るのに懸命で、台所と居間に用意した食卓を往復しては、大皿に盛った一口ピッツァやらパスタを置いては下げるを繰り返した。台所で揚げ物をしながらも、料理を運びながらも、ずっとしゃべりっ放しだった。郷土料理の説明をしていたかと思うと、故郷の町、海や山の話となり、自分の幼かった頃や両親の偉大さ、町の壮大さをあれこれ話した。ほとんどが車中で聞いた話の繰り返しで、すっかり物語としてできあがっているらしい。

グイドはときおり相槌を打ち、たまに違う話題を振ろうとするが、言いかけた途端に妻が嬉しそうに駆け寄ってきて、

「何て甘くて素敵なの！」

キスでグイドの口を塞いでしまうので、話はいつも同じところをぐるぐると回るばかりだった。

フランチェスカが肉料理の仕度にかかったのを機に、ようやくグイドと私は熟睡する幼子二人を子供部屋へと抱いて行った。

着替えさせベッドに寝かせるあいだ、グイドはごく簡単に自分の仕事のことを話し、私に日

本のことを尋ねたりした。数分のうちのわずかなやりとりだったが、端的でしかし雑ではないグイドの話し方は、いかにも都会ふうだった。

フランチェスカの冗長なおしゃべりのように、夕食はゆっくりと進んだ。深夜に及んでもまだ、チョコレートをまぶしたドライフルーツやリキュール入りの飴など、細々した菓子を彼女は出し続けた。話が終わらないからである。

大学時代に、故郷の海へバカンスに来ていたグイドとどのように知り合ったのか、フランチェスカは話そうとしている。

「そのときに、足下の砂が薄いオレンジ色に染まってね。小さな貝の下から、もっと小さな蟹が走り出て来たの。蟹もオレンジ色をしている。波が来るわよ。あなたはさらわれたいの、それとも逃げたいの。蟹に向かってそう訊きながら、〈ああこの蟹こそ、今の私なのだわ！〉と思ったのよ。グイドにさらわれたいの、それとも逃げたいの、ってね。オレンジ色の砂浜の向こうには、真っ赤な夕日があって、私は大海原に飛び込んだわけ」

夏が終わって身籠っていたこと、ミラノへ飛んだ朝、同棲初日の気持ち、記念撮影、バロック建築の教会での結婚式、披露宴、「業界人らしく異色でなければ」とフランチェスカが決めたこの小さな家、グイドの就職、出産、夫のイメージ作りに懸命な毎日、娘たちへ伝える伝統、自分の創造性。

招待されてはフランチェスカのこれまでを繰り返し聞き、ミラノの長い冬は過ぎていった。

「インドに行くの。知らない自分と会うためよ」

フランチェスカが冬じゅう何度も嬉しそうに言っていた通り、春になると家族揃って旅行に出かけていった。

インド旅行のあと、

「どうもありがとう。君のおかげで、知らなかった自分にやっと会えたよ」

そう言って、グイドは二度と家に戻らなかった。

夏休みを待たずに、フランチェスカは娘たちを連れて荘厳な故郷へと発った。

# 12 赤い糸

ミラノの南側に住んでいる。

町の中核にある大聖堂から徒歩で一五分ほどだが、昔から、町外れ、という印象のある地区だ。地区内には運河が流れ、その周辺に職人が仕事場を兼ねて住むようになり、長屋のような庶民的な雰囲気が残っているからかもしれない。今でも、工芸職人や芸術家、役者や監督、文人が多く暮らす。

運河に隣接して、広い公園がある。園内の小径沿いには手入れされた木々が高々と伸び、木漏れ日が地面に模様を作っている。この公園を越えると、内回りの環状道路へと出て、そこから先は旧市街である。よそ行きの顔をしたミラノと自然体でのびのびしているミラノ。公園は、町に境界線を引く役目も担う。

喧噪も淀んだ空気も、ここの緑で浄化される。「町の肺」と、住民は公園のことを呼ぶ。

昔あった運河の船着き場には、町のどこよりも早く物資や人、情報が陸揚げされた。もともと進取の気性に富んだ住民たちである。外界から届くものすべてを受け入れ、咀嚼し、この地区は〈創るミラノ〉の礎を築いてきた。自営業者が持つ個性や自由な空気は、時代が変わってもまだ、地区内に濃く流れている。

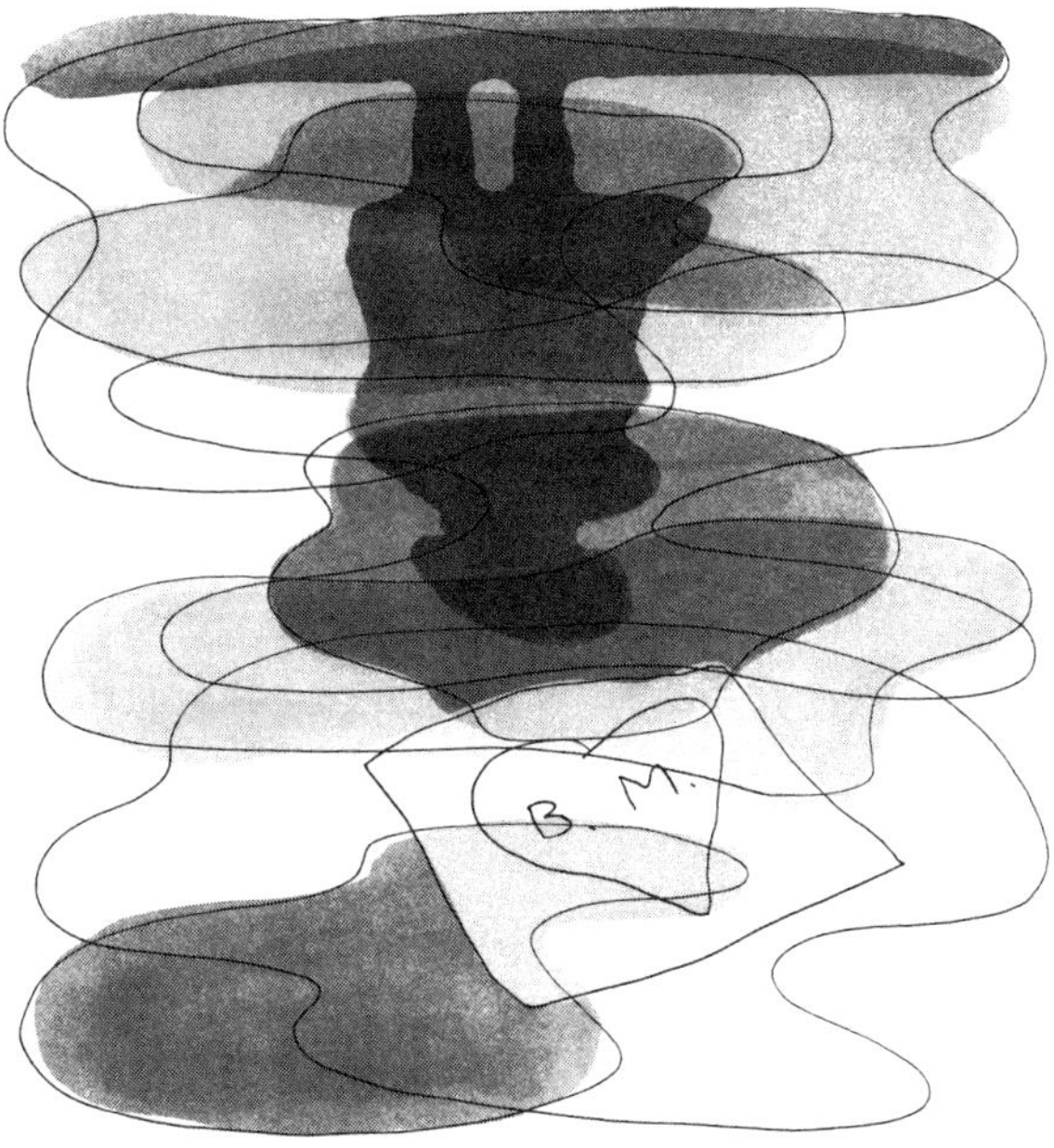
B. M.

運河の近くには、高等学校もある。歴史を誇る名門校だが、堅苦しくない。創意にあふれる地区にあるせいか、自由でのびやかな校風だ。

「文化関係の国家予算がまた減った。酷い政策だ！　抗議デモを！」

ある朝、散歩がてら公園を抜け高等学校の前を通りかかると、何やら騒がしい。腹に据えかねた様子で怒鳴っているその男子生徒は、上背ばかり伸びてあとが追いつかないような身体つきをしている。大勢の生徒が彼を取り囲んで、演説に耳を傾けている。「そうだ、そうだ」「断固、反対」と、口々に叫んでいる。

怒声でまくしたてる上級生を恐る恐る遠巻きにして見ているのは、きっと一年生たちだろう。まだ十五歳になったばかりで、アジ演説を間近に聴くのは初めてなのだ。

一方まもなく十九歳になろうかという最上級生たちは、社会人なのか高校生なのか見分けがつかないようなひげ面を下げて、慣れた様子である。ときどき拍手を送ったり指笛を吹いたりしては、場を盛り上げている。

私は離れたところに立ってしばらく演説を聴き、そろそろ行こうかと歩き始めたとき、輪の中で演説を聴いている生徒の一人と目が合った。するとその女子生徒は、ひまわりの花のように笑って目礼し、私のほうに駆け寄ってきた。

「級友たちを紹介したいので、ぜひ！」

自由な校風で知られるこの学校は、積極的な政治活動でも有名だ。反体制派である。

先ほどの騒ぎも、前日の国会の決議に納得できない生徒たちが集まり、抗議のビラを作って、登校してきた生徒たちに配っているところなのだった。さっそく生徒会長は校長に直談判をし、講堂で臨時集会を開いて討論することになったのだ、という。

集会の準備を待つ間に、気合いを入れよう、と高校生たちと学校のそばのバールへコーヒーを飲みにいくことになった。


笑顔の女子生徒は、バルバラという。

まだ春の浅い頃、私は彼女と知り合った。公園を歩いていると、彼女は思案顔で、一人でベンチに座っていた。気になって声をかけ、それから会うと立ち話をするようになったのである。公園は彼女の通学路であり、私の散歩道だった。

バルバラはぽっちゃりとしていて、輪ゴムをはめたようにくぼんだ手首がぷっくりと愛らしい。その両手首に、いくつものブレスレットが重なっている。

私の視線に気づいて、彼女は両腕を差し出して見せ、

「心を震わせることがあるたびに、ブレスレットを付け足すの」

笑顔に戻って説明してくれた。

先ほど演説をしていたマウロは二年生になったばかりで、まだあどけなさの残る面立ちである。バールに入ると小難しい話は脇へ置いて、仲間と突っつき合ったり冗談を言い合ったりしている。

バルバラは、ニコニコしながら見ている。ときどきそばへ近づいていっては、長身のマウロの背中を丸々とした手で思い切り叩いたりする。すると彼はわざとらしく痛がってみせ、こいつ、とバルバラを羽交い締めにする。子犬二匹がじゃれ合うようだ。

〈もしかして、そうなの？〉

バルバラと目が合ったときに、私は自分の手首をそっと指差しながら、目配せして訊いてみた。以前会ったときと比べて、ブレスレットの数は倍ほどに増えている。心が震えたのはマウロのおかげなのか、と、尋ねたのだ。

バルバラは目をまん丸に開いて、そのとおり、と大きく何度も頷いた。

はち切れそうな桃色の頬も、嬉々とした目も、手も、どれもみな丸く柔らかで、バルバラが甘くて優しい色のマシュマロのように見えた。

十六歳の恋は、まだ始まったばかりらしい。

演説から数日して、下校途中のバルバラに会った。いつもと同じベンチに並んで座った。露天商から買ってきたアイスクリームに口を付けずに、バルバラは黙っている。ため息の合間に、バルバラは少しずつ話した。

「小学校からの幼馴染みで、私はずっと大好きなの」

マウロは、幼い頃は細くて小さな男の子だった。華奢だが元気で、すばしこく、悪戯好きで、親は学校から呼び出しばかり受けていたのだという。

宿題はしない。忘れ物は多い。授業中、窓の外ばかり眺めている。傘が嫌い。大雨でずぶ濡れになり、高熱を出す。それでも学校に来て、送り返される。スキー大会優勝。骨折頻繁。

手を焼かされたものの、教師は皆、マウロが好きだった。縦横が倍ほどもある相手にでも、理不尽だと思えばためらわずに挑んでいく。試験の出来はいつも悪かったが、中学の頃からロシア文学に傾倒し、教科書を盾にして授業中も読んだ。作文を書かせると、教師が舌を巻くほど上手い。

男子にも女子にも人気のあるマウロは、バルバラにとっては高い空に輝く星だった。

「眺めて楽しむ希望の光、なの」

バルバラは切ない。

マウロは、ミラノの中央の地区に住んでいる。代々、富裕階級が集まり住んできたところである。両親だけではなく、叔父も祖父も法曹界で働く。検事や裁判官、弁護士だったり、公証人だったり。曾祖父にいたっては、南部で裁判長まで務めた傑物だったらしい。

〈世の中を裁く立場の人たちばかりの中で育つと、どういう人間になるのだろう〉

心配した両親は、子供たちを異なる職種や人種が混在する環境へ連れていこうと、中央から〈町外れ〉の運河地区へと小学校から越境入学させることに決めた。

まだ夏の日差しが残る九月、マウロは真新しいグレーの綿パンツに濃紺のポロシャツで、運河地区の小学校の入学式に出た。公立の学校に制服はなかったが、男児は青い綿のスモックを洋服の上から着用するよう、学校は指示した。それは一見、割烹着のような上っ張りだった。

「こんな食堂のおばさんのような服なんか、着られるかい！」

教室に入るなり、スモックをリュックの中に突っ込んだまま、教師に咎められても頑として着用しようとしなかった。

そのやんちゃぶりと、グレーに濃紺というシックな装いとはいかにもちぐはぐで、マウロをひと際目立たせた。

彼の隣の席に座ったのが、バルバラだったのである。

彼の祖父方はローマ近郊の出身で、夏冬の休暇はそこで過ごすことになっている。バルバラにもローマに親戚がいるため、いくつかの夏を越え、家族ぐるみの付き合いとなった。

イタリアの学校の夏休みは長い。六月から九月まで、三カ月も続く。家にいても景勝地に出かけても、子供たちは遊び相手なしには時間を持て余す。

「それで、休みのときもマウロとずっといっしょだったの」

マウロの弁護士の父親と判事の母親は、バルバラの商業カメラマンの父親と栄養士の母親と意気投合し、それぞれの三カ月間を調整して、両家の子供たちがいっしょに休暇を過ごせるように予定を組むようになった。

マウロの祖父の家は緑に囲まれた屋敷で、門前の松林沿いの道をしばらく車で走ると、ティレニア海に抜ける。都会から送られてきた子供たちには、緑と空と海にあふれる別天地だった。代々、名士を輩出してきた一族である。大人が付き添うことなくマウロが海で遊んでいても、皆の目が届き、安全なのだった。

一日じゅう海で過ごした。いつも同じ海岸に行くので、浜仲間ができる。地元の子供たちもいれば、ローマやボローニャ、ナポリと各地の子供たちとも知り合いになる。一週間で発ってしまう子もいれば、長くいる子、また翌年も戻ってくる子もいた。

出会って、別れて。再会し、また来年。

海岸は、運河地区の学校とよく似ていた。夏の三カ月、さまざまな事情と年齢の子供たちが往来する。マウロはここでも、皆の世話役であり人気者だった。

バルバラとマウロは姉弟なのだ、と、皆は思う。二人は寄ると触ると喧嘩なのに、いつもいっしょにいる。マウロが脱ぎ散らかす服をバルバラは、しょうがないわねえ、と拾って回る。

喉が渇いたなと思う頃に、マウロはバルバラにスイカを差し出す。

バルバラは丸くて優しく、マウロはその脇の下に入るほどの背丈で、二人が並んで立つと、ふかふかのハンバーガーに串が刺さっているように見えるのだった。


六歳だった夏から、今年で一〇年になる。

六月が来て、いつもの海で仲間と会う。

半分ほど夏が過ぎた頃、海からの帰路にマウロは、

「晩ご飯のあと、アイスクリームを食べにいこう」

と、バルバラを誘った。食後に町に出て、ただ一本の目抜き通りをしゃべりながら行ったり来たりするのは、もう何年も前からの日課である。いまさら何を、とバルバラは言い返そうとして、はっとした。彼が、これまで見たこともないような緊張した目をしていたからである。

「そこで、これを一本加えたの」

バルバラは、真っ赤な糸で編んだブレスレットをつまみ上げて私に見せてくれた。


学校もいっしょ、休暇もいっしょ。お互いを知り尽くしている。

この夏、マウロはバルバラを頭一つ越して、鼻の下に薄くひげが見えている。

〈アイスクリームは、何味にしよう〉

いよいよだ、と思うとバルバラはもう上の空で、夕食がどこに入ったのかわからなかった。

マウロが選んだのと同じミント味のアイスクリームを舐めながら、バルバラはそのときを待った。

アイスクリームを食べ終えてもまだ、彼は何も言わない。目抜き通りを何度か往復し、仲間とも別れて、二人で屋敷の門をくぐってようやく、

「あのね」

と、マウロが口を開いた。

バルバラは立ち止まり、薄く目を閉じて、その瞬間を待った。

すると彼は出し抜けに、

「オレさ、マティのことが好きなんだ」

照れくさそうに上のほうを見ながら、そう言ったのである。

マティは、バルバラが高校に入ってからの親友である。

肩の下まで伸ばした濃い茶色の髪と、黒目がちの目が印象的な女の子である。色白で、厚めの唇はいっそう赤く目立つ。マティに見つめられると、黒い瞳と血色のよい口元が迫ってくるようで、バルバラは同性ながらドキドキした。

マティは、ほとんど物を言わない。いつも少し驚いたような顔をして、バルバラが他の子たちとしゃべったり、ふざけたりするのを見ている。輪に加わらない。一度、男子生徒が悪戯半分にマティをからかったら、椅子を蹴倒すように勢いよく立ち上がり、男子生徒の鼻先へ自分の顔を近づけて、

「節度というものを知りなさい」

大きな目で睨みつけながら、低い声で制したりした。

授業中、マティが自発的に意見を述べることはほとんどなかったが、教師に指されると、数学でもラテン語でも、政治の話でも、淀みなく答える。でも飛び抜けて優秀というわけでもなく、たまに化学で赤点を取ったりもした。

バルバラは、マウロを異性として意識するようになってからというもの、勉強が手につかない。羽交い締めにされたときの彼の腕力の強さをそっと思い返しては、ぽうっとしている。成績はみるみる下降線である。

成績の良い女子生徒は何人かいたが、ガリ勉で取っ付き難い子ばかりだ。放課後いっしょに勉強しない？　とバルバラはマティを選び誘った。

古代ギリシャ語と哲学の合間に、二人はあれこれ話をした。ファッションや新しいバール、映画や音楽のこと。着たい行きたい見たい聴きたい、ではない。どの男の子に見せたい洋服なのか、誰とそこへ行って何を食べ、どういう甘い時間を過ごしたいのか、という話なのである。

「ああ、早くキスがしたい！」

同じクラスの女子生徒たちの多くは、キスなど小学校時代に通過している。「週末に彼とヴェネツィアに行ってきたの」と、あのご面相で、と思う級友が聞こえよがしに言うのを耳にして、あの子にさえ恋人がいるのに、と、バルバラとマティはすっかり落ち込む。いったい自分たちのどこが悪いのか、と悩むのだった。

「目が合うと、もう何も言えなくなる」

マウロは、マティへの想いをバルバラに打ち明けた。マウロにとってバルバラは姉であり、友達であり、自分の身体の一部のような存在なのである。

バルバラにとっても、マウロはかけがえのない人なのだ。彼とひとつの身体になりたい、と熱望するほどに。

「オレのことをどう思っているのか、彼女に探りを入れてもらえないか」

バルバラの胸の高まりは一瞬にして、からっぽの空にゆっくりと響く鐘の音へと変わった。

〈葬儀の鐘だわ〉

バルバラは気をふるい立たせて目をまん丸にし、任せておいて、と柔らかな胸を叩く仕草をしてみせた。

「ありがとう」

長身のマウロに両手で抱き締められ、バルバラは嬉しくて、悲しくて、泣いた。

長くて短い夏が終わった。

ひと回り大人びた少年少女たちが、九月の公園を歩いている。

ベンチで待ち合わせをしたバルバラは、少し青白い顔で手を振った。

赤点を取った彼女は、新学期開始前に再試験を受けなければならず、夏休みの後半はミラノに戻り勉強をして過ごしたらしい。

一〇年通った海から、初めて一人で先にミラノへ帰った。

「あのまま残っていたら、もっと一人ぼっちになっていただろうから」

マウロの抱擁。

ミントの残り味。

翌朝のマティが目をくりくりさせて叫んだ、「えっ、本当!?」

そして、「私はもうマウロに飽き飽きしちゃったから」と、ついた自分の嘘。

バルバラの手首を見ると、赤い糸で編んだあのブレスレット一本だけが残っている。

「私が大好きな二人の願いどおりになったのなら、これほど〈心を震わせること〉はないでしよう?」

バルバラは赤い糸をいじりながら、うつむいた。

# 13　絵に描いたような幸せ

〈絵に描いたような幸せ〉

何と陳腐な表現だろう。そう思っていた、マルゲリータ一家と知り合うまでは。

初めて彼女に会ったのがいつで、どこだったのか、よく覚えていない。気がつくと、共通の友人宅で食事を共にしたり、町で偶然に出会うとごく自然に挨拶を交わしたりするようになっていた。互いの家を行き来するほどではないけれど、機会があれば、ちょっとお茶でも、とどこかに腰を下ろして四方山話を楽しむような間柄である。

児童心理学の専門家と聞いている。四〇を過ぎたばかりだが、やせ気味で、実際の年齢よりもかなり若々しく見える。だからといって、ミニスカートや身体の線を強調するようなワンピースを着たりはしない。通り過ぎていった二〇代、三〇代にしがみつくことなく、悠々とありのままでいる。

大学に入ったばかりの娘と中学生の息子がいる。娘は色白で明るい金髪に緑色の目をしていて、息子は黒々とした巻き毛に深い茶色の大きな目をした長身だ。マルゲリータは結い上げた焦げ茶色の髪がトレードマークなので、娘は父親に似たのだろう。

いつ会っても、マルゲリータは嬉しそうにしている。立ち話をしていると必ず、携帯電話が

鳴る。夫からだ。いかにも楽しそうにあれこれしゃべり、電話を切ると、

「あと十五分くらい、大丈夫かしら？　キッコが合流したいのですって」

と、さらに晴れ晴れとした様子で言うのだった。

平日の昼下がりだろうが、サッカーのテレビ中継がある日曜の午後だろうが、マルゲリータの夫は必ずやってきた。

すらりとした妻とは正反対で、夫のキッコはでっぷりとしている。

薄くなった髪を首にかかるほどに伸ばし、前髪はポマードをつけて後ろにとかしつけている。色白なので、細かな毛細血管が頬や額に透けて見える。たっぷりした眉に合わせるかのように、鼻の下に髭を蓄えている。

マルゲリータの夫と知らなければ、身上を疑うほど得体の知れない印象だ。初めて紹介されたときは、夫婦があまりに違うタイプなので驚いた。

仕事柄、品の良いスーツ姿が多いマルゲリータとは違って、彼は生え際の後退した額に真っ赤なバンダナを巻いたり、夏にはタンクトップ姿で現れたりした。タンクトップの合間から緩んだ脇下の贅肉がはみ出し、目のやり場に困ったものである。

それでも夫がやってくるといつも、マルゲリータは久しく会っていなかったかのように、彼の首に両手を回してぶら下がるように抱きつき、甘い挨拶をするのだった。

子供たちは年頃になると、親と出かけるのを嫌がるものだ。ところが、娘も息子も両親の腕

や腰にしがみつき、嬉しくてならないというように飛び跳ねながら歩くのである。

人の目を意識して、幸せな一家を演じているのだろうか。

知り合った当初は、その過度に楽しげな四人の様子に面食らい、疑った。しかし、家族揃ってデパートで買い物をしているところを見かけたり、路面電車の中から散策する一家を目にしたりするうちに、この四人はいつでもどこでも本当に楽しいのだ、とわかった。

〈絵に描いたような幸せ〉

まだこういう家族がいたなんて。


ついて、離れて。

ミラノではあっという間にカップルが生まれ、瞬く間に別れてしまう。昨日までは夫の友人だった男と、さっそく今日から新たな人生を始めてしまう妻がいたりする。

都会の生活は忙しい。朝目が覚めたかと思うと、もう深夜になっている。ほとんどのカップルは共働きで、それぞれが家と職場を往来し、二人の接点は朝と夜だけだ。

子供はどうしよう。産んでも大丈夫だろうか。

自分たちの関係は堅牢だろうか。いや、子供が生まれたら、永遠の関係が築けるのかもしれない。

ところが子供が生まれてみると、また大変だ。家と職場の他に、学校と習い事、舅姑や親戚、誕生日パーティーに夏休み、クリスマスやカーニバル、復活祭も加わる。点から点へ、立ち止まる暇なく走り続ける毎日だ。たいていのカップルは、こうした高速度の日常に遅れまいと必死である。

〈子供に恵まれ、収入も二人分で悪くない生活だけれど〉

内心ではそう思いながら、日々の予定の消化と人間関係の重圧に疲弊している。

そのうち自分たちだけでは仕切れなくなり、似たような状況の友人知人たちと日程を共有し、助け合うようになる。

〈今日の迎えは僕の番〉

と、他家の子の母親の携帯電話に送るはずの確認メッセージを、

〈学校の出迎えのあと、裏のバールで君を待っている〉

などと、つい打ってしまう。

子供たちの送り迎えをやりくりしているうちに、数家族がまとまり、一つの大家族になったような錯覚を起こす。

〈あちらの子供はわが家の子供のようなもの。うちの子供もあちらに世話になっている。ならばあちらの妻だって、僕のもの〉

早送りの生活に疲れて、ふと出来心が芽生える。

ついて、離れて。

隠して、秘して。

マルゲリータとキッコは、高校時代からの付き合いらしい。変化の激しいミラノのカップル事情においては、ごく稀なケースである。

「なれそめを訊かれてもねえ。親同士が友達だったので、ごく幼い頃から行き来があったのよ」

夫婦というより兄妹のような、いや文字どおり二人で一人のような感じ、とマルゲリータは微笑む。

「彼は大人しい子でね。私より年上だし体格もいいのに、すぐに泣くんだもの」

理系の宿題はマルゲリータが片付け、文系の宿題、特に作文はキッコが担当した。友達どうしの言い争いにはマルゲリータが出ていき、キッコは後ろでじっと見守る役だった。

彼女が心理学を学ぼうと決めたのも、兄と慕う彼を内面から知ればもっと力になれることがあるかもしれない、と考えたからである。

〈内気なキッコと積極的で気丈な自分は、知らぬ間に各々の不足を補い合っているのではないか〉

大学で勉強するうちに、マルゲリータはそういう思いを強くした。

当然のように、二人は結婚した。

自分より己のことを知っている相手など、そうそう見つかるものではない。キッコの弱点はマルゲリータの強みであり、彼の得意は彼女の苦手なのだ。二人でいれば、こわいもの知らずではないか。

マルゲリータは開業医となり、忙しい毎日を送っている。

キッコも自営業である。幼い頃から絵が得意だった。描くのも好きだが、観るのはもっと好きだ。絵画を前にしていると、時が経つのを忘れた。美術好きの父親の影響もあったのかもしれない。実家には通いの画商がいるほどだったので、そこそこに財力も眼識もあったのだろう。実家に出入りする画商の口利きでキッコはいくつかの画廊と知己になり、学生時代から展覧会用のパネルやカタログ作りを手伝うようになっていた。キッコの文章は美術評論ではない。好きな絵に、自分の気持ちを添えるだけ。控え目だが心のこもった解説文は、好評だった。

「一筆一筆を観ている。色をのせていないところの色まで見抜いてくれる」

誰よりも、画家たちが喜んだ。

彼には、あえて画家たちが埋めなかった空白の重さが自分のことのように体感できるのだった。

芸術専門学校を出たあとは、展覧会のカタログ作りの他に、建築設計事務所と組んで店舗や住宅の内装も手伝うようになった。家も絵画と同じである。空間に似つかわしい家具や絵が、キッコには次々と思いつく。

仕事はあったり、なかったり。事務所には行ったり行かなかったりの毎日である。しかし営業に回って仕事を取ってくるなど、彼には到底無理な相談だった。

彼が開ける穴は、いつもマルゲリータが埋め合わせてくれる。

二人で一人。

絵に描いたような平穏

夕食に誘われて、私は彼らの家を初めて訪ねた。

かつて、見本市会場のあった地区である。代々のミラノっ子にとって、人生に成功した者が住む一帯だ。市の中心にあって、住居一棟ごとの区画は広々と優雅である。背の高い街路樹が落とす影は、マクラメのようだ。

道を行く人たちは隠居老人ばかりかというとそうでもなく、若い母親たちや学生たちの姿も見える。どの人も一様にのんびりと歩いている。

道沿いの建物の奥に、手入れの行き届いたそれぞれの庭が垣間見られる。

時間の流れが違う。

「花を選んでいたところでね」

花ばさみを手にしたキッコが、家の中へ招き入れてくれた。

台所にいるのだろう。奥から、いらっしゃい、とマルゲリータが元気良く挨拶した。

床も壁も窓枠も、家具も天井も、すべて木製の、温もりに満ちた内装だ。それぞれ木の種類は異なり、薄茶色もあれば黒に近い茶色もある。木目の筋が流れて、美しい。

赤みがかった茶色のサイドボードには、紅茶茶碗がいくつも並んでいる。揃いの一式ではなく一客ずつ異なり、それぞれよく使い込まれた風合いだ。二人の実家で、代々使われてきたものなのかもしれない。

革製ソファーは無数の細かな傷があり、色褪せている。勧められるままに座ると、柔らかな座が優しく包み込んでくれるようである。長い年月、いろいろな人を迎えてきただけのことはある。座ったとたんに、この家の住人になったような気になるのだった。

今晩もキッコは、風変わりな恰好だ。タイ風の巻きパンツに絹のシャツを合わせている。

「簡単なもので申し訳ないわ」

彼の装いからてっきりタイ料理なのかと思うと、食卓にはごくふつうの家庭料理が並んだ。気取らず、かえってそれがいい感じだった。

用意がすっかり整った食卓をよそに、キッコは、ちょっと失礼、と玄関から出ていったまま戻ってこない。裸足でどこへ行ったのだろう。

一口大に切ったフォカッチャや生ハム、スティック野菜が並び、娘と息子も席に着き、主を待たずに夕食は始まった。

そろそろパスタという段になってようやく、キッコは戻ってきた。顔が隠れるほどの草木を抱えている。

「メニューに合うようなのを探すのに手間取ってしまって」

私たちは熱々のパスタを頬張りながら、草木の隙間に彼を見る。

草木を抱えて居間のほうへ行くと、彼はサイドボードや戸棚を開け閉めして花瓶を探し始めた。その間に、取り分けられたパスタはすっかり冷めてしまう。

マルゲリータは時おり居間のほうを見て、皿の中の乾いたパスタに目をやり、でも何も言わない。

喧嘩をしたことはないのだろうか。

「小さいときから私たちは、すべてが正反対だった。同じ舞台に立たなければ、喧嘩にすらならないものなのよ」

皆がデザートに移った頃になってやっと、カラシ色の陶器の花瓶に草木を生け終えると、キッコは満足そうに席に着いた。

美味しかったパスタも、肉も付け合わせのジャガイモも、くすんだ色になって食卓に冷たく並んでいる。

花瓶に生けられたのは、数枚の色づいた葉の付く蔓と黒い種袋だけを残した枯れ枝や草の茎だった。花は一輪もない。

どれも初冬らしい落ち着いた色で、木製の家具で統一された室内には合うものの、母の味にあふれた食卓には似つかわしくない、乾いて厳しく、さみしい生け花だった。

いっぽう芥子色の花瓶は枯れ葉や蔓の沈んだ色を抱えて、明るい黄金色を放っている。

ふとテーブルの下方に目を落とすと、鈍い金色に光るキッコのタイ風の巻きパンツが目に入った。

はたしてあの日の食卓が楽しかったのかどうか、あまり覚えていない。

心に残ったのは、キッコの風変わりな様子が度を越えていて、こちらが気恥ずかしくなるほどだったことである。

いつ霜が降りてもおかしくないくらい、急に冷え込んだ夜だった。それなのにキッコは、絹のシャツに幅広の巻きパンツ姿で裸足だった。

奇想天外な身なりを、個性とでも言いたかったのだろうか。

妻は、いつものとおりの晩ご飯でもてなした。初めて家を訪れた私を気遣ったのだろう。気さくな食卓のおかげで、家族の一員となったようだった。彼女の計らいは大人で、粋だった。

夫は、妻の用意した〈ありきたりの情景〉を、奇妙な出で立ちと生け花でより際立たせようとでも思ったのだろうか。

キッコの影は、領分を越えてマルゲリータの陽を曇らせてしまった。

際立ったのは、彼自身の異質ぶりだけだった。


しばらく経って、珍しくマルゲリータから電話があった。声を落として、落ち着かない様子である。

「あなたに何か迷惑をかけていないかと心配で」
二、三週間前にキッコは「月へ行く」と告げたまま、仕事場に出ていないのだという。少し前に私は、家を改築したいという知人を彼に紹介したところだった。
「改築工事の現場からは連日、なぜ来ない、と矢の催促で。でもあの人、いったん〈月〉へ行ってしまうと、なかなか戻ってこないのよ」

途方に暮れるマルゲリータは、初めてだった。

月へ行く、か。

子供の頃からキッコはしばしば、自分の世界に籠ったきりになるらしい。実際にどこかに行ってしまうこともあれば、身体はそこにあるのに心は他所、ということもあるという。

マルゲリータにさえその扉を開くのは難しく、彼がいったん〈月〉へ発ってしまうと、また戻ってくるのをじっと待つしかなかった。

子供たちも慣れていて、捜しもしなければ気にもかけない。

どうせしばらくすれば、何ごともなかったように戻ってくるのだ。

丸くなった小石を袋一杯に詰めて戻ってくることもあれば、瓶入りの香油を提げて帰ってきたりすることもあった。

フライパンで温めた小石をマルゲリータの膝頭や首筋に載せ、

「こうすると身体の中の毒が抜けるんだよ」

と習得してきたばかりの治療を施したり、香油を小皿に注ぎ家族に深呼吸を勧めたりするのだった。彼が持ち帰るものは奇想天外なものばかりだったが、いずれも誰の邪魔にもならず、害もない。

むしろ小石の温もりを首に感じながら、マルゲリータはどれほど自分が緊張し疲れていたのかを知る。

〈問題など何もないと思っていたのに〉

知らないうちに自分が溜め込んでいる毒を、小石に見破られてしまったようで、どきりとする。

ときどき違う世界へ行ってしまうのはキッコの繊細すぎる性格のせい、と決めつけていた。世の中に立ち向かえないのは夫の弱点であり、妻である自分が補うべきこと、と確信してきた。

ところが、どうだろう。

夫が姿を消すときは、実は自分のほうが容量を超えてお手上げになっているときらしい。それは、夫からの言葉にならない警告なのだと気がついた。

絵の中の空白の色を観るように、彼には見えない気持ちの澱が見えるのだ。


うららかな春の日曜日、私は散歩の途中で偶然にキッコと出会った。

珍しく、ジーンズにポロシャツというでたちである。すっかり色褪せたポロシャツには洗い皺が寄ったままで、襟元もよれている。色白の頬からは赤みが消えて、青白くぶよぶよとしている。

このところの互いの不義理を詫び合って、近況報告を少々。やっと冬も終わったわね、仕事はどう、この夏にはどこへ行く予定?

あたり障りない話題は陳腐で、核心を避けて回り道を続けている。

マルゲリータはどこなの?


毎朝キッコは、コーヒーと焼きたてのパンといっしょに自作の詩と花を添えて、マルゲリータを起こした。いっしょに暮らすようになってから、一日と欠かしたことのない日課だった。

夢のような一日の始まりをずっと彼女は宝物のように思い、幸せな家庭を誇らしく思ってきた。

ほのかに温かな石。小さな花。短い詩。

美しいそれらのものが、実は自分の溜め込んだ無理を警告しているのかもしれない、とあるとき気づいてから、ベッドへ運ばれる朝食が苦痛になった。

「ほんと、絵に描いたように幸せそうな家族だったのにねえ」

しばらくして共通の友人から、二人が別れたことを知らされた。

# 14 この世で一番美しい

うっかりしていた。買い置きがあると思っていたヘアカラーがない。
洗面台の前で、伸びた生え際を睨み、唸る。
恋人に会うわけでもないのに私はすっかり緊張していて、出かける準備にもう小一時間もかけている。
待ち合わせの相手は、クリスティアン。突然、電話があり、一年ぶりの再会である。
ざっとシャワーを浴びて、いつものとおりに身繕いして行けば済むことだ。しかも約束場所は、階下のバールである。それなのに、慌てている。
どのシャンプーにしよう
前回会ったときには、何を着ていたのだったたっけ
香水は止めたほうが無難かも
代わりに日本で買った匂い袋をポケットに忍ばせようか
ヒール？
いや、わざとスニーカーにする？
念入りに歯を磨いてから、オレンジを二片ほど食べておこう

段取りを考えながら、顔を寄せ合うわけでもないのに、と一人照れる。

クリスティアンの誘いは、いつも唐突だ。週なかの昼過ぎだったり、祭日の朝だったり。互いに勤め人ではない。今どこ？　時間ある？　ならすぐ会いましょう。

彼は貿易商という仕事柄、移動が多く多忙を極める。ほとんどイタリアには戻らない。久しぶりにミラノを訪れることがあっても、連日、商談で忙しい。所用の合間に空きを見つけて、友人知人に電話をかけるのだろう。運がよければ会い、機会を逃すと次に会うのがいつになるのか、あるいは再会できるのか、わからない。

多忙なクリスティアンが思い出して声を掛けてくれるのは嬉しく、瞬時の縁を繰り返すような付き合いは、長らく続いている。

最初に彼と会ったのは、もう十五、六年前になるだろうか。

立食パーティーだったようにも思うし、友人宅だったかもしれない。いずれにせよ、大勢の中でクリスティアンはひと際目立っていた。当時、五〇歳前後だった彼は、濃いグレー色のゆったりしたウールのズボンに黒い薄手のカシミアのハイネックという装いで、短く刈り上げた頭はもうほとんど白髪だった。細い銀縁の眼鏡をかけ、まん丸で小さな、旧時代的な形のレンズが筋の通った鼻によく似合い、相当な洒落者という印象だった。鼻につくぎりぎり手前の、品良い気障《きざ》ぶりは十分に人目を惹いた。不要に上調子な人が多い宴席で、彼の素っ気ない出で立ちや寡黙な様子は、異彩を放っていた。

ミラノのデザインや現代美術、出版業界では、クリスティアンふうの人はそう珍しい類いではない。ただたいていが己の個性を誇るようでいながら、実のところ凡庸な決まりごとを模倣しているのに過ぎず、その結果、見てくればかりで空虚なのだった。

いっぽうクリスティアンには一目で己を知り尽くした確固たる自信が感じられ、他と一線を画していた。

聞き役に徹していたクリスティアンは近付き難い雰囲気で、私は儀礼的な自己紹介と他愛ない世間話をし、会食を終えて、そのまま何年か経った。強い印象が残ったが、再会の機会を得るような接点はなかった。

ところが、北京赴任を終えてミラノに帰国したばかりの新聞記者の家に食事に呼ばれることがあって、そこで偶然にクリスティアンと再会した。初めて会ってから七、八年経っていただろう。

汗ばむような初夏の夜で、彼は濃紺色のスタンドカラーの麻のシャツに同系色の短めの丈のズボンを合わせ、前回会ったときと同様、涼しげに、穏やかな様子で座っていた。

過ぎた時がかねてからの素っ気なさと寡黙さをさらに研磨して、孤高の哲人か高僧のような佇まいだった。

「やはり年季が違うのかねえ」

北京から戻ったばかりの記者が感心した様子で、クリスティアンをほめた。客の一人が彼の服装を気に入って、どこで手に入れたのかを尋ね、

「人民服を元に少し手を加えて、上海の仕立て屋に作らせたのです」

クリスティアンが何でもないように返事をしたのに、記者はため息をついたのだった。


クリスティアンは、イタリアの北東端にある、スロベニアとの国境に近い小さな町で生まれた。食卓での話の半ば、大学では歴史を学んだ、と彼は言った。そこは、かつて極左の運動家たちを輩出したことでよく知られた大学だった。祖国が揺れ、歪み、次第に均衡を失っていく様子が、国の端からだとよく見渡せたのかもしれない。

超左翼の活動の中には、過激化してテロ組織へと変貌していったものもあった。イタリアが、イデオロギーの名の下に流血にまみれた時代の話である。

どういう思想の持ち主なのか、政治傾向なのか、食卓でクリスティアンにあえて訊く人はなかった。彼の通っていた大学名を聞けば、すべてが暗黙のうちに了解できるからだった。

そもそも夕食の招待主である記者からして、北京帰りである。今の二〇代、三〇代と違って、六〇過ぎの記者の年代で中国語を操り、現地に人脈があり、諸事情に精通しているということはすなわち、思想傾向が左系、と明言することなのだった。

その晩、食卓に集まった客たちは皆似たような年恰好で、職種も住むところも異なるものの、かつて共産主義に憧れ、学び、心酔し、理想を求め、活動し、そして失望して現在では黙して傍観、というような人たちなのだった。

その中で唯一クリスティアンだけが、若い時代から理想郷を求めて中国に渡って今に至っているのである。

取るに足らない日常生活の周辺のこと、つまり、ガソリン代が上がって困る、とか、ガリバルディ駅近くに新しく書店が開いた、とか、今年の夏はヤブ蚊が大発生するらしい、バカンスにはギリシャに行く、というような話題に終始して、夕餉は進んだ。

私は暢気な雑談を耳に、ときどきお愛想に相槌を打っては食べ、グラスを空け、そしてクリスティアンに見とれていた。

クリスティアンは、静かに食べ物を一口ずつ丁寧に切り分けて口にした。けっして頬張らない。ひと言感想を言ったり、頷いたり、ちょっとパンを取ってくれる？　小さく声を立てて笑い、ありがとう、いえもう十分。

いつ口を開いてもいいように、少し食べては咀嚼して、待機しているのだった。その様子は、鶴がすらりとしたくちばしで餌を端麗についばみ、またすぐ頭を上げ、じっと遠くを見ながら立ち尽くしているようだった。

しかし澄まし込んでいるというわけではなく、健啖家で、

「久しぶりのイタリアなのでね」

と、嬉しそうに、熟成して臭みのあるチーズを何度も取り分けては食べた。

皆がチーズや果物を終え、食後酒でも、というときになって、その人は現れた。

「遅れて、ごめんごめん！」

竜巻が立ち上ったか、というような破天荒な感じの、中年を過ぎた女性だった。

太腿あたりまで届く、トルコブルー色のスモックシャツにだぶだぶのパンツを穿いている。

真っ白のパンツは蚊帳のように薄地で、足首でぎゅっと締まっている。一歩ごとにパンツは大きくなびいて、蚊帳越しに見るように向こう側が透けている。

たいそう大柄に見えたが、それは彼女の顔の造作がいちいち派手なせいらしかった。太り肉《じし》の体とは不釣り合いなほどに小顔で、メッシュに染めた金髪は坊主頭に近いほどに刈り込まれている。まだ夏が始まったばかりだというのにもう褐色に日焼けしていて、トルコブルー色のシャツとのコントラストが鮮明だ。目は太い眉を備えて大きく、小さな顔から今にもはみ出しそうである。

「パリで乗り遅れてしまってね！」

その目をいっそう大きく見開きながら、食卓の皆に向かって声を張り上げ、遅刻を詫びた。

鞄や荷物を置くのももどかしそうにクリスティアンのところへ小走りに直行したかと思うと、背後から抱きついて、「チャーオー！」と、大げさに頰ずりした。

　彼に妻がいたなんて。


　まったく、水と火のような二人だった。

　もっぱら聞き役に徹するクリスティアンに対して、妻のアレッサンドラは人が聞いていようがいまいがお構いなしに、ずっとしゃべり続けた。仕事の打ち合わせがうまくいったこと、出張先の香港で見た深紅の絹のドレス、おいしい北京ダック専門店の住所はこれ、パリの空港に野うさぎが飛び跳ねていて驚いた、ミラノのタクシー料金は高すぎる、など、この数日に彼女が見聞きしたことを順々に復習《さら》うように、早口で話し続けた。おかげで、私は三〇分もしないうちに軽い頭痛と引き換えに、アレッサンドラが現代アートを専門とするキュレイターであること、ミラノとパリに事務所を持っていること、香港にも家があるらしいこと、中華料理が好物で、海と原色が好きなこと、夫のことを〈クリス〉と呼ぶことを知った。

　息切れもせず、言葉に詰まることもなく、アレッサンドラは機関車のようにリズミカルに延々と話した。しゃべる一方で、家の主が彼女のために取り分けておいた前菜からパスタ、チーズ、菓子に果物まで、目をくりくりさせながら順々に片付けて、

「ああ、おいしい！」

口いっぱいに頬張って、叫ぶのだった。

クリスティアンはときどき小さく笑っては妻に頷き返し、彼女のグラスが空にならないよう、こまめにワインや水を注いでやったりした。

趣味に性格、振る舞いと、すべてが正反対だからこそ、二人は互いに惹かれたのだろうか。

自分にないものを求める気持ちが、二人を結びつけたのか。

目の覚めるようなトルコブルーと深く沈む濃紺は、太陽が当たってきらめく海面と日の届かない深海の底のようだ、と思った。


帰りの方向が同じということで、夫妻は車で私を送ってくれることになった。

「それで、日本の最近はどう？」

助手席から半身を後部座席に向かって捻り、アレッサンドラは叫ぶようにして尋ねた。クリスティアンは、ギアチェンジをまったく感じさせない巧みな運転を続けている。薄いグレーの革張りの車内で、ドイツ製の新車である。薄い香りが流れている。

麝香《じゃこう》のよう、と私が呟くと、

「そうなのよ！　中国の専門店でいつも買ってるの。クリスが見つけた店でね。インドのとは渋みが違うわよね。くどいと感じるともう駄目でね…」

閉ざされた車内で、香りと言葉にむせ返りそうになる寸前、家に着いた。

「今度、うちで香のたき方や器を見せてあげる！」

アレッサンドラは車から飛び出しながら、朗らかに誘ってくれた。

クリスティアンは音もなく降り、後部座席のドアをそっと開けた。何も言わずにゆっくり微笑み、軽くパナマ帽の縁に手をかけるようにして、別れの挨拶をした。

うっとりしている私に、アラビアンパンツをはためかせてアレッサンドラが横から飛び出して、近いうちに来てね！　と抱きついた。


アレッサンドラとクリスティアンの家は、うちから二通りほどのところにあった。

かつて倉庫だった建物を改築して住居としたものである。コの字型に三棟が連なり、真ん中の棟がアレッサンドラの仕事場になっていて、両端の一棟が住宅で反対側の棟は倉庫にしている、と彼女は案内しながら説明した。

事務所には常時、十数人のスタッフが出入りしている。社員は半分ほどで、残りは国内外から研修にやってくる見習いや学生たちだ。

倉庫だった建物は天井が十数メートルと高く、それを三階に仕切って使っている。地上階に入るとすぐ長い通路があり、片側には倉庫時代からの鉄枠の磨りガラス窓が並び、もう片側には額に入った美術展のポスターがびっしりと掛かっている。内外各地での美術展は、評判の高かった大掛かりなものから、新人作家たちを集めたものまで幅広い内容だ。彼女が、広く鋭い眼識で現代美術を切り抜いて見せてきた職歴案内になっている。

「おう！　締め切り間近よ、がんばろう！」

アレッサンドラは私に事務所を案内しながら、残業しているスタッフたちに次々と労いの声を掛けている。その様子は、まるで飯場で頭領が部下に発破を掛けるように、粗雑で直截だ。スタッフは、いかにも切れ者という様子の女性ばかりである。

事務所と住居はつながっていて、アレッサンドラが奥の壁の一部を押すとぐるりと回転して、私たちは狭い踊り場のような場所に出た。

彼女が後ろ手に扉を閉めると、真っ暗になって、横に立つ彼女さえ見えない。

闇に静かに麝香が漂い、ドギマギしていると突然、あちこちで小さな光が点灯し始めた。

頭上と四方の壁に、点々と白や薄い黄色の灯りが点き、チチチと瞬きするように点いたり消えたりしている。蛍の乱舞のようでもあり、星屑が流れていくようでもある。

足下には、道順を示すオレンジの灯りが埋め込まれている。

星空の中を数メートルほど歩いて扉を開けると、

「いらっしゃい」

クリスティアンが立っていた。

真っ暗な夜道から入った厨房は、イタリアでも中国でもなく、海の中でも空の上でもない、不思議な空間だった。

驚く私を夫妻は愉快そうに見ている。

照明はほどほどで品良く、丸天井は緩やかな流線を描き、動物の体内にいるようだ。部屋の中央に、簡素な円形の使い込んだ食卓がある。手を置くと柔らかな感触で、漆が幾重にも塗られた逸品だと知る。

クリスティアンが火を使った調理を担当し、アレッサンドラは生野菜やサラミを切っては盛りつけて、出してくれた。

アレッサンドラが手早く乱雑に切った野菜を盛る皿はどれもが斬新で、しかしひと目で陶芸家によるものだとわかる手作りの温かみが感じられた。きっと彼女が見つけ出した、現代アーティストの作品に違いない。

「面倒でしょ。手づかみでいいのよ！」

大雑把に用意された前菜を素手で摑み、芸術作品の皿の上に垂らしたオリーブオイルと塩だけで和えて、口に放り込む。

大胆な食事を楽しんでいると、クリスティアンが神秘的な香りのする料理を運んで来た。

食卓の漆の鈍い赤に浮き上がるように、白磁の皿が置かれる。骨董品だろう。木漏れ日に似た薄白い色を放っている。

皿の上には、旬の野菜が枝振りのよい木に花が咲いたように並べられていて、薄桃色の海老はその間を飛ぶ蝶か小鳥である。古の日本の屏風画を見るようだ。

アレッサンドラは前回と同じように、食べている間もしゃべり続け、海老が蝶になっていようが気づかず、緻密な構図で盛りつけてある野菜を無造作にフォークの腹でかき集めて混ぜ、勢いよく頰張った。

静寂と躍動。

陰翳礼讃のよう、と二人のあまりの対極ぶりにやや茫然として私が言うと、クリスティアンは嬉しそうに私を見て、

「では、第三棟をご案内します」

と、立ち上がった。

アレッサンドラは、食べすぎた、と丸い下腹を軽く打ちながら、クリスティアンの後に続いた。

向かいの棟に向かって中庭を渡るとき、すっと背を伸ばして歩くクリスティアンが何かにつまずきよろけると、アレッサンドラは彼の腰にしっかり手を回して支えた。

暗がりで後ろから見ると、どちらが夫でどちらが妻なのか、ぼんやりと曖昧でわからない。

中庭を越えて入った棟は倉庫と聞いていたが、ちょっとした博物館だった。

温度も湿度も調整してあるのだろう。心地よい室内は、壁に設えた棚と中央にガラスケース

以外に余計な物はない。

「こちらが僕の、あちらが彼女の」

クリスティアンは、何段もの棚を指した。

彼の棚には、年代ものの仏像に始まり、緞通、漆塗りの箱、壺や巻物が分類されて整然と並んでいる。素人目にも趣味のよい、そして価値ある骨董品だとわかる品々である。

「私がクリスのコレクションを分類したのよ！」

アレッサンドラは自慢げに言い、もっと得意そうな顔をして自分の棚を披露した。

アラブの市場で見つけたという欠けた皿、ギリシャの海底から拾い上げたガラス片、インド製の手描きのカレンダー、錆びた燭台、棒切れ、山羊の鈴といった雑多な小物が、いくつもの箱に分けて入っていた。

それは、小さな男の子が道ばたに落ちているものを拾い集めてきたような物ばかりだった。

貴婦人と悪戯小僧。


「行くとわかるわよ」

アレッサンドラとクリスティアン宅に招待されたことを話すと、二人をよく知る友人たちは、意味ありげに言った。

自分にないものを求めて、いっしょになった二人。

しかし、二人の間には恋愛感情はなかった。

クリスティアンにないものとアレッサンドラにないもの。

どんなに望んでも、大枚を叩《はた》いても、才能を身につけても、永遠に手に入れることができないもの。

それは、互いの性だった。

性を倒錯した二人は互いにそのままで、世間的にはごくあたり前に見える夫と妻になることを選んだのである。

理想を探求し完璧を目指し、ついには自分の中に到達点を見つけたクリスティアンと豪放磊落な性格で、常に新しい発見を探し続けるアレッサンドラ。

守る母性の夫と闘う父性の妻。

外見の性別など、真の敬意と大きな愛情の前には関係がないのかもしれない。

# 15 シャンパンの泡

「昨日、急に妻が出ていってしまったのです。もしかして、そちらに何か連絡がいっているのではないかと思って」

若い友人は挨拶もそこそこに、切羽詰まった様子で尋ねた。硬い声に、その動揺ぶりが知れた。

私は二人が学生だった頃からの知り合いで、なれそめから結婚にいたるまでを見てきた。彼らが結婚して、まだ三年も経っていない。

青年は、ドイツの小さな町の出身である。実家は、家電販売店を営んでいる。将来は郷里に戻り親の店を継ぐ約束で、ベルリンの大学に入った。

大学では文学を専攻していた。故郷の大学を選ばずにベルリンへ行ったのは、家業を継ぐ前に一度、都会の生活を味わってみたかったからだった。

親は、「どうせなら経営や法律を勉強してくれたほうが、うちの事業にも役に立つのに」と不満そうだったが、青年は、高望みせずにこれまでどおり商売を続けていければ十分、と思っていた。

彼は、大学に通う数年間を長期休暇を楽しむように過ごした。

小学生の頃からスキーやラグビーで鍛えてきた青年は、ドイツ人の中でも目立つ立派な体軀である。将来に不安を抱かず悠々とし、いつも日に焼けていて、引き締まった上半身に長い足を持て余すようにして大学の構内を歩く彼は、女子学生が多い文学部では異色だった。

いっぽう彼女は、北欧の血を引くベルリン育ちである。透き通るような肌の白さで、華奢なうなじに金色の後れ毛がこぼれ、絵画から抜け出してきたようだった。

多数の学生の中でも彼女は、ひと際目立った。大人しく、一人でいることが多かった。それが周囲には、他を寄せ付けない高貴な印象を与えたのかもしれない。学生時代にスカウトされ、ファッション関係のモデルをしたり、映画に端役ながらも出演したりしていた。どこへ行っても取り巻きがいて、大学にも私設ファンクラブができるほどだった。

彼女自身は美しいと言われれば素直に嬉しかったけれど、外見をきっかけに築いた人間関係には興味がなかった。母も叔母も美しく、幼い頃から見慣れた自分の容姿を、今さら誇るようなことでもないと思っていたからだ。

件の青年も彼女の魅力には圧倒されていたものの、地方出身の自分にはしょせん高嶺の花、と遠巻きにして眺めるだけだった。

交際を申し込んだのは、彼女のほうからだった。

隣に座って授業を受けていても、目礼するだけでいっこうに話しかけてこない無口な青年に、彼女は惹かれたのである。

彼女が出演した実験的な短編映画を観たのをきっかけに、私は学生時代の二人と知り合った。屈強な青年と妖精のような彼女は、それぞれのファンから羨望と嫉妬を集めて交際を続けた。大学を卒業したら彼女は本格的な芸能活動に入るに違いない、と皆が思っていた。それは、遠からず二人は破局するに違いない、という意地悪な憶測でもあった。しかし皆の予想を裏切って、二人は卒業と同時に結婚したのである。

もっと意外だったのは、彼女がモデルや女優の仕事をきっぱり辞めて、市内の骨董店に就職したことだった。店主と、彼女を入れて店員が二人、という小さな店だった。目立たない裏通りに面していたが、木彫りの古い玄関扉から伝統と格調の高さが知れる佇まいの店だった。地味だが、堅実で品格のある仕事場を選んだのである。ファッション業界や芸能界の表層的で一瞬の華やかさを、彼女は信用せず、アルバイトで垣間見ただけでもう十分、と思ったのかもしれない。

結婚しても青年は、すぐには郷里に戻ろうとはしなかった。親は元気で店を切り盛りしているし、商売はそこそこ好調だ。家業を継ぐのを一、二年先送りにしたところで、誰も困ることはない。

「しばらくの間、都会での新婚生活を楽しみたいんだ」

渋る親にはそう頼み込んだのだったが、内心、あの小さな田舎町に都会育ちの美しい妻の居場所があるのかどうか、彼は不安だったのだ。

彼らが結婚した直後に私は、彼女の働く店を何度か訪れたことがあった。

昼間だというのに、店には電灯が点いていた。道に面した窓には分厚い曇りガラスが入っていて、明かり取りの役目を果たさずに、北国の沈んだ曇天を取り込んでいるだけである。

店内の壁には天井まで届く厳めしい木製の書棚があり、黒光りした革表紙の古書が並んでいた。店の中ほどに置かれた一人用の祈禱台を取り巻くように、燭台や赤いビロード張りの寝椅子、木彫りの額縁や鏡、凝ったカットグラス、銀食器がところ狭しと並べてある。壁から床、棚まで古い家具や道具が隙間なく陳列されていて、博物館の中にいるようだった。

家具用のオイルだろうか。落ち着いた甘い匂いが漂ってきたかと思うと、奥から彼女が足音もなく出てきて、首を傾げるようにして挨拶をした。結い上げた金髪と抜けるような白い頬が、くすんだ色の重なる店内で際立ち、光が差しているように見えた。

一人で店番はさみしくないのか、と尋ねると、

「大学で美術史を専攻しましたから、骨董品に囲まれているとさまざまな時代へ旅するようで楽しいのです」

と、彼女は微笑んだ。

店の創業者は、美術界に名の知れた蒐集家だったという。現在の店主はそれを受け継ぎながら、一般客向けの売買も手がけている。

一見の客用の品は店頭に並べてある程度で、蔵には代々の店主たちが集めてきた秘蔵品が多数あるという。

店主は、各地を回って名品を蒐集する。旅から戻るとさっそく専用の蔵に一人で籠り、手に入れてきたばかりの美しい宝物をじっくりと愛でるのだという。

店には、一人の客もない日もある。自分の鼓動が聞こえるほど、しんとしている。

彼女は静寂に包まれ、骨董品の中に閉じ込められた時間と向かい合って過ごしているのだった。

あれでは幽閉ではないか、と私が店で受けた印象を青年に話しても、

「古い物たちが、話しかけてくるそうです。歴史好きな彼女には、最高の仕事場なんでしょう」

文化的な仕事に就いて幸せ者だ、とむしろ喜んでいるようだった。

やがて、彼もどこかの会社で事務職に就いた、と聞いた。妻は変わらず骨董店勤めを続けているらしかった。

ときどき夫婦で彼の郷里を訪れ、親と数日を過ごし幼馴染みと会い、また都会に戻ってくる。

どこにでもある穏やかな情景だった。

疲れ果てた様子の彼から、再び電話があった。イタリアへ行ったらしい、と妻の友人から聞いたという。

「学生の頃に訪れたことがあるイタリアに、『町も人もすばらしい』と、妻は夢中でした。僕の実家に行く以外には旅らしい旅もしていなかったので、息抜きがしたくなったのかもしれません」

彼の口調は書いたものを読み上げているようで、白々しかった。旅行に行きたいのなら、黙って一人で発たなくてもよかっただろう。

何か思い当たることはないのか。

少し沈黙があり、

「骨董店を解雇されたのです」

低い声で言った。

「店主専用の蔵で作業するのを拒否した翌日に、解雇されました」

光の差し込まない、静まり返った店内を思い浮かべる。

店主が自分のために集めた秘蔵品が詰まった蔵を思う。

イタリアは観光名所に限らず、魅力にあふれる国である。古代の姿を残す遺跡や文化財もさることながら、建物もなく人もいない荒野ですら美しい。土地ごとの景観や暮らしぶりの変容は、万華鏡を見るようだ。人々も個性に富んでいる。

北欧の人たちと比べると、イタリア人は情が濃い。

特に男性は、直情的な人が多い。美しい女性を見ると、率直にほめる。言葉に出し、目で追い、ため息をついてみせ、自分の思いを明らかにする。

イタリア女性たちは慣れたもので、いくら言い寄られても、そのたびに男性たちに取り合ったりはしない。むしろ、見つめられて当然。賞讃されないようでは女が廃った証拠、と思う。

女性の気持ちを高めるのは男性としての礼儀であり、素養の一つ、と考える人もいる。

ほめて、ほめられて。世辞は、日常生活の潤滑油のようなものだ。疑似恋愛だからこそ燃え上がる、という関係もあるだろう。

瞬時の快楽。

永遠には続かない関係。

はかないようで、だからこそ濃厚な味わい。

シャンパンの泡と似ている。軽やかで喉越しが良く、ぴりっと弾けて刺激的だが、やがて気が抜ける。飲んでしまえば、それでおしまい。適量さえ心得ていれば、二日酔いも悪酔いもしない。

記憶に残るのは、グラスが触れ合うときの音と、ふわりとした酔い心地だけである。

彼の電話が切れるのを待っていたかのように、当人から電話があった。もうミラノに来ている、と告げた彼女の声は、思ったよりずっとしっかりしていた。

うちに迎えた彼女は、以前会ったときよりいっそう美しく見えた。姿形ではなく、表情や雰囲気が変わったのだ。かつてのはかなげな様子は消え、大人の女性らしい落ち着きが加わっている。それは、何かを諦めた代わりに別の何かを手に入れた強さであり、揺るぎない自信のようなものでもあった。

彼女は少し低くなった声で挨拶したあと、一連の騒動を詫びた。

動揺している夫に聞き取れた暗さは、彼女にはみじんも感じられなかった。無理やり、平静を装っているふうだった。

仕事を休んで大丈夫なのか、と知らないふりをして尋ねてみると、たちまち彼女は無表情になり、黙り込んでしまった。

イタリアでは他に行く先もないだろう。そのまま彼女と別れるのは心配で、数日うちに泊まっていくように私は勧めた。二、三日もすれば、落ち着くだろう、と思ったのだ。

まるで無関係な人といるほうが、彼女は気楽かもしれない。知人の中からダリオを選んで、彼女に町案内をしてもらえないか、と頼んでみた。彼は自然食品の問屋を営み、妻と別れて長く、自由になる時間と気持ちを備えた、唯一の知人だったからである。おまけにダリオは、五

○をとうに超えている。事情があってイタリアまでやってきた彼女に付き添うのに、適任ではないか。

なだめて、叱る。

彼ならきっと、父親のような、人生の先輩の役を果たしてくれるに違いない。

ダリオは快諾し、すぐにうちに来てくれた。

しばらく会わないうちに彼はすっかり太り、腹がたるんで腿に触れるほどである。オールバックにしていた髪は梳くほども残っておらず、それでもわずかな髪が頭からずり落ちないように、ゴムでひとまとめにしている。

美しいイタリアのイメージとは対極の風貌だったが、案内役にはかえってそのほうがいいのかもしれない。

ダリオの愛車で、二人はミラノ近郊の景勝地へ出かけていった。

彼は、ドイツ語はもちろん英語も話せない。彼女は、そもそも無口である。笑顔とジェスチャーで一日を過ごす、気兼ねと気楽さを思う。

行く先々からダリオは私の携帯電話にメッセージを送ってきては、彼女の様子を報告した。

〈コモ湖でランチ。景色に感激しているよ〉

〈レッコの森林を散策中。深呼吸して、気持ち良さそう〉

〈ベルガモ旧市街の丘の上に来た。これから、アペリティフ。夕焼けの色が凄いぞ…〉

そこで報告が途切れた。電話をかけてみると、

「泣いている」

そう言ったきり、ダリオの電話は切れてしまった。


翌日もその次の日も、ダリオは彼女を各地へ案内してくれた。彼女は朝食もそこそこに、念入りに身支度をした。わざわざ洗面所まで読書用スタンドを持っていっては、眉や鼻下の産毛を抜く入念さだった。彼女にとってそれは特別なことではないらしかった。かつて彼女は女優だったのだ。

何点もの着替えを持ち、そのすべてが薄地のクリーム色だった。薄衣を重ね着した天女が、空から舞い降りてくるのを見るようだった。身仕度する様子は洋服を着替えるというよりも、衣装を替えて舞台に上がる、というほうがふさわしかった。非日常、という舞台に上がるための。

衣類の準備の良さに、彼女の家出は熟慮の末の企てだったことを知る。

ベルリンでの日常に、何があったのかは知らない。

毎晩、夫からは電話がかかってきたが、彼女は彼の話を聞くだけで、自分からは何も言わない。

電話が終わると、しばらく座ったままでいる。

見ると、静かに泣いている。

「最初の日ベルガモで泣き出されて、困ってしまってね。言葉が通じないから、慰めようもない。それに正直なところ、気の毒に思うより先に、すっかり見とれてしまって」

薄暮に沈むベルガモの旧市街は、影絵のようである。紺色の空が下りてきた広場の一角で、白装束の彼女が泣く。

「絵の中に入り込んだような気がした。芸術作品を鑑賞するように、泣く彼女をしばらく見ていたのだけれど」

慰める言葉を知らず、ダリオは泣き続ける彼女をそっと抱きしめた。父親が幼い子を抱くように。

そのあと、ベルガモで何があったのか。

その翌朝、眉を整え薄衣を纏って出かけていくとき、彼女とダリオは手をつないでいた。

彼女のほうから、ダリオの手を引き寄せているのだった。

滞在は二、三日では終わらなかった。

そして四日目から、彼女はうちにはもう戻ってこなかった。

四日目の昼過ぎにダリオから「海を見せたい」と、連絡があった。

どこの海へ行ったのだろう。深みにはまって、溺れないといいけれど。

そして、夫からの電話のあとで泣いていた彼女の顔を思い出す。

わざと深い海へ行くのかもしれない。


数日して、彼女を連れてダリオはうちに戻ってきた。

彼は無言で、やや強引に彼女の旅支度を整えた。彼女は何もせず、無表情でその傍に立っているだけである。

そして、私と目を合わせない。

それが、四日目からの二人の関係についての報告の代わりなのだろう。

ベルリンへのフライトは、その日の夕方だった。

空港まで送っていく、とダリオが言った。相変わらず、彼女は黙ったままだ。

別れ際になってようやく、

「イタリアで目が覚めました」

ぽつりと言い残し、ダリオに強く手を引かれて車に乗り込み、発っていった。

今、青年は郷里に戻り、家業を継いで暮らしているらしい。

あの日ベルリンに戻ってきた妻を、彼は迎えにいかなかった。

妻が骨董店で働いた数年のことを、彼はよく知らなかった。美術史の知識が生かせて、格式ある環境と趣味の良い人に囲まれ、しかし大勢の人目に触れない職場だ。美しい妻を隠し守っているようで、ただ安心していた。

妻が出ていったあと、何かわかるかもしれない、と青年は骨董店を訪ねていった。店主は不在だったが、妻といっしょに働いていたもう一人の店員と話をした。

六〇に近いかというその女性は、柔らかな物腰の人だった。束ねた髪は銀髪だったが、かえってそれが美しい面立ちを引き立てていた。どことなく彼の妻に似た、幻想的な雰囲気があった。

「私は長らく秘蔵品の蔵で仕事をしてきましたが、『もう君はお役御免だ』と、店主に言われまして」

おわかりになりますね？　というように彼の目をじっと見て、そこで彼女はことばを止めた。

妻がそういう日常から逃げ出そうと決意したとき、なぜ自分に話してくれなかったのか。北国の、寒い暗い風景の一部として自分も埋没してしまっていたのだろうか。

妻が求めた非日常に自分の居場所がなかったことを知り、彼はあの日空港に迎えにいかなかったのだった。

イタリア。

一瞬だからこそ心地良い刺激に酔いしれる、ということに彼女は気がついただろうか。

なまぬるく気が抜けたシャンパンなど飲めたものでないことを、彼女は知っているだろうか。

その後、彼女がミラノに戻ってきたらしい、と伝え聞いた。

ベルリンの日常を失って、ミラノの非日常を演じ続けるつもりだろうか。どんな芝居も繰り返すうちに、やがて慣れた日常へと変わるのに。

そういえば彼女はかつて女優だったことを思い出す。

# あとがき

連載のテーマが〈イタリア式恋愛術〉ときまったことを挿絵担当の画家に伝えると、彼は少し黙ったあと、

「永久に見つからない探し物だね」

と言って、笑った。

これまでに、どういう探し物があっただろう。

イタリアに来てからのことを、一つずつ遡って思い返す。

暮らした土地ごとに魅力的な風習があり美味しい食卓があるように、各地各様の恋愛話があった。

まるで、恋愛がイタリアの名産物であるかのように。

人伝いにイタリアを振り返ると、舞台に入れ替わり立ち替わり役者が現れて始まる、独り芝居を観るようだ。

役者は男だったり、女だったり。

枯れていたり、初々しかったり。

深い気持ちのやりとりの前には、性別も年齢も、実はあまり関係はないのかもしれない。そう思えるような、濃厚で奥行きの深い人間関係が、そのときどきのイタリアにあった。

人間が好き。

〈恋愛〉がイタリアの象徴のように思われるのは、イタリア人が他人に対して尽きない好奇心を示すからではないか。人に興味を持つということは、自らを知ること。

恋愛は、知らない自分を探す旅のようなものなのかもしれない。


「どうしようもないのに、好きだった」

遠くを見るようにして、ときどきニニがそう口にしていたのを思い出す。

ニニは、美しい女性ではなかった。それでも、一度会うと忘れられない人だった。老いて独りで暮らしていた彼女と知り合い、人を想うということを教わった。

ニニは、訪ねてくる人がないときでも必ず、中ヒールの黒いシンプルなパンプスを履いていた。老いた足には静脈が青く浮き出ていたがかまわず、膝頭の見えるスカートで室内を足早に歩いた。彼女に近づくとわずかに甘い香りがして、玄関口や居間のソファーにも同じ匂いが漂っていた。

微香の絶妙ぶりに感心すると、

「こうするのよ」

ニニは空《くう》に向かって香水を軽くひと吹きすると、その下を急ぎ足でくぐり抜けて見せた。

あるのかないのか、気がつかないほどの香り。

でも、その足下にはヒール。

それは、そのままニニの生き方だった。

夫の好きな香水。料理。膝下が映えるスカート。抱きつくのにちょうどよい高さにしてくれるヒール。

夫を喜ばせようとするうちに、彼の好むことが彼女のスタイルとなった。結局、夫とは心も体も離れてしまったけれど、ニニの暮らしの隅々まで夫への想いが沁み込んでいた。

老熟した恋愛感情は、慈悲のように静かだった。


フランスとの国境にある、山間の小さな村に住んでいたことがある。

花やオリーブの栽培をする農家が多い一帯で、農繁期になると、幼稚園の並びに住んでいた私は忙しい親に代わって、幼子たちを迎えにいくことがままあった。

その夕方もジュリアを迎えに行くと、身丈に合わない男児用のズボンをブカブカ鳴らすようにしてこちらに近寄ってきて、突然エンエンと泣き出した。

どうしたの。

小さな二歳を抱き上げようとしたとき、後ろから大急ぎで走ってきた子がいた。

その男の子は両手を広げて、泣いているジュリアの前に立ち、

「叱らないで。僕も小さかった頃は、しょっちゅう失敗したの」

と、彼女に代わって懸命に弁明した。

ジュリアはおむつが取れて、その秋から幼稚園に通うようになったばかりだった。間に合わずに、粗相したらしい。その二歳を庇《かば》ったファビオは、三歳になったばかりなのである。

秋の夕方、幼稚園の玄関口で立ち尽して泣く幼い女の子と、泣き顔をのぞき込んで慰めていた小さな男の子の姿をよく思い出す。大切なものを守りたい、という人を慕う、無垢な気持ちにしみじみとする。

十五の恋愛話は、複雑に絡まった人間模様を解こうとして、思い直してそのままに放り置き、離れて見たものである。解こうとすればするほど、いっそう糸はもつれるものだ。規則正しく平坦に編み上がったものより、混乱したまま転がっている玉のほうが、柔らかな手触りだったりする。

もつれるほど、気になる相手。
どうしようもないのに、好き。
だから、好き。
それは私がイタリアに抱く気持ちと、とてもよく似ている。

二〇一四年八月　　内田洋子

初出

1　白い花に気をつけて　集英社クオータリー『kotoba』二〇一二年冬号
2　腹ふくるる想い　集英社クオータリー『kotoba』二〇一二年秋号
3　どうしようもないのに、好き　集英社クオータリー『kotoba』二〇一二年春号
4　目は口ほどに　集英社クオータリー『kotoba』二〇一二年夏号
5　冷たい鉄　書き下ろし
6　いにしえの薔薇　集英社クオータリー『kotoba』二〇一三年冬号
7　結局、逃れられない　集英社クオータリー『kotoba』二〇一三年春号
8　守りたいもの　書き下ろし
9　海と姉妹　集英社クオータリー『kotoba』二〇一三年夏号
10　甘えて、すがって　集英社クオータリー『kotoba』二〇一三年秋号
11　世間を知らない　書き下ろし
12　赤い糸　集英社クオータリー『kotoba』二〇一四年冬号
13　絵に描いたような幸せ　集英社クオータリー『kotoba』二〇一四年春号
14　この世で一番美しい　書き下ろし
15　シャンパンの泡　集英社クオータリー『kotoba』二〇一四年夏号

（『kotoba』連載時のタイトルは「イタリア式恋愛術」）

**内田洋子** うちだ ようこ

1959年、神戸市生まれ。東京外国語大学イタリア語学科卒業。通信社・著作権代理業であるUNO Associates Inc.代表。2011年、『ジーノの家　イタリア10景』（文藝春秋）で日本エッセイスト・クラブ賞と講談社エッセイ賞を受賞。著書に『破産しない国イタリア』（平凡社）、『ジャーナリズムとしてのパパラッチ』（光文社）、『ミラノの太陽、シチリアの月』（小学館）、『カテリーナの旅支度　イタリア二十の追想』（集英社）、『イタリアの引き出し』（阪急コミュニケーションズ）、『皿の中に、イタリア』（講談社）など、翻訳書にジャンニ・ロダーリ『パパの電話を待ちながら』（講談社）などがある。

装丁
白石良一、関 秋奈
（白石デザイン・オフィス）

装画・本文イラスト
Guido Scarabottolo
（http://www.scarabottolo.com/）

どうしようもないのに、好《す》き　イタリア　15の恋愛物語《れんあいものがたり》

二〇一四年九月三〇日　第1刷発行

著　者　内田《うちだ》　洋子《ようこ》

発行者　館　孝太郎

発行所　株式会社　集英社インターナショナル
〒一〇一-八〇五〇　東京都千代田区一ツ橋二-五-一〇
電話　企画編集部　〇三-五二一一-二六三〇

発売所　株式会社　集英社
〒一〇一-八〇五〇　東京都千代田区一ツ橋二-五-一〇
電話　読者係　〇三-三二三〇-六〇八〇
販売部　〇三-三二三〇-六三九三（書店専用）

プリプレス　株式会社昭和ブライト

印刷所　三晃印刷株式会社

製本所　株式会社ブックアート



©2014 Yoko Uchida, Printed in Japan ISBN978-4-7976-7278-7 C0095